A Life Discarded
148 Diaries Found in a Skip

被搞丢的人生 废料箱里的 148本日记

〔英〕亚历山大·马斯特斯 Alexander Masters 著

吴文忠 译

人民文学出版社

著作权合同登记号　图字　01-2018-8982

A LIFE DISCARDED: 148 DIARIES FOUND IN A SKIP
(PREVIOUSLY ENTITLED: IT WOULDN'T BE TRUE OTHERWISE)
Copyright © Alexander Masters 2016
This edition arranged with ROGERS, COLERIDGE & WHITE LTD (RCW) through BIG APPLE AGENCY, LABUAN, MALAYSIA.
Simplified Chinese edition copyright © PEOPLE'S LITERATURE PUBLISHING HOUSE 2020
All rights reserved.

图书在版编目（CIP）数据

被搞丢的人生：废料箱里的148本日记/（英）亚历山大·马斯特斯著；吴文忠译.—北京：人民文学出版社，2020
 ISBN 978-7-02-014779-3

Ⅰ.①被… Ⅱ.①亚…②吴… Ⅲ.①传记文学—英国—现代 Ⅳ.①I561.55

中国版本图书馆CIP数据核字（2018）第294971号

责任编辑　张海香
美术编辑　陶　雷
责任印制　王重艺

出版发行　人民文学出版社
社　　址　北京市朝内大街166号
邮政编码　100705
网　　址　http://www.rw-cn.com

印　　刷　三河市中晟雅豪印务有限公司
经　　销　全国新华书店等

字　　数　170千字
开　　本　880毫米×1230毫米　1/32
印　　张　8.125　插页1
印　　数　1—8000
版　　次　2020年1月北京第1版
印　　次　2020年1月第1次印刷

书　　号　978-7-02-014779-3
定　　价　55.00元

如有印装质量问题，请与本社图书销售中心调换。电话：010-65233595

A LIFE DISCARDED
148 DIARIES
FOUND IN A SKIP

献给快乐的

蒂朵·戴维斯

1953

/

2013

这是风和日丽的一天，我在享受美好的时光。没有什么特别的想法，也许不过是想改变一下我的生活罢了。

第一部分

PART

ONE

谜

1

2001年：废料箱

一个微风吹拂的下午，我的朋友理查德·格罗夫身着衬衫，没扎下摆，闲溜达在剑桥的街上，这时，他发现了这个废料箱。

这个没有装满的废料箱放置在一段死胡同处，掩映在一片古老的红豆杉树篱中。理查德从磨损的黄色废料箱和树篱之间挤了过去，穿过了一片曾经为果园的地方。昔日的果树已被砍去，只留下了脚踝高的树桩，在阳光下显得柔和明亮。梨树枝和苹果树枝堆放在一台木头粉碎机旁边，等待被粉碎成碎片。在这块被清理干净的果园彼端，是一处建筑工地，在这芳草依依、万花盛开的野外，它犹如一摊漂白剂，显得那么不协调。那里正在改建一座大型工艺美术馆。屋顶已经不见了。下面两层红砖墙用波纹铁皮围栏给包住了。似乎这块地方正在留给风，好让其彻底冲刷一遍。剑桥的这个地方，居住着许多年老的教授，他们荣誉满满，已是哈欠连连，慢悠悠地开着破旧的车子闲逛。他们的存在，让这个地方有一种陈腐的感觉；这里需要偶尔通通风透透气。

尽管理查德这辈子几乎都居住在这附近，但是这座工艺美术馆却严严实实地隐藏在树篱和树之后，他竟然没有察觉到它的存在。理查德将脸紧紧贴在金属围栏柱间的一个缝隙处，能看到一个门廊的残迹。支撑屋顶的木柱子已经断了，犹如一截膝盖。

理查德又返回到了废料箱处，仔细往里面看，突然变得兴奋起来。里面的某样东西吸引了他的注意力。他踮起脚尖，伸直手臂，想够到里面，但是自己的胳膊不够长。他将双肩俯在金属箱边沿，身体沿边沿滑动，直到双手碰到了箱子底部，他朝四周寻觅了一下，想看看能找到什么东西垫在脚底，却没能找到，于是他就试图在金属箱边沿倾斜身体，滑进箱子里面，但是他却斜不过去。理查德·格罗夫教授精力充沛，是世界知名的海岛生态学专家，时刻准备弄脏自己，但是他却有点儿发福了。倾斜受阻，他赶紧跑开。半个小时之后，他带着蒂朵·戴维斯博士再次出现。戴维斯博士比他瘦一些。

蒂朵（用倾斜法）很容易地爬了进去，然后顺着金属箱斜壁往里面滑动,直到双脚站在了一个大盒子上面。一块塑料浴缸板断裂塌陷。蒂朵往下又滑了半英寸。某个金属物体散了架,似乎发出了一声叹息。蒂朵摔倒了,双手触到箱底。蒂朵,这位历史学家,这位获过奖的传记作家,这位用笔名"蕾切尔·斯威夫特"撰写过两部性爱手册的作者,这个全世界唯一一位知道托马斯·莫尔爵士的骸骨埋葬在什么地方的人,此刻彻底明白了是什么东西让理查德如此兴奋。

堆积在一个破损的淋浴盆里的,塞在一扇被拉坏的门的四周缝隙处的,在一堆碎砖头和石板上迎着微风忽闪摆动的,竟然是好几抱书!这众多的书杂乱无章地散落在这些废料之中,竟然还显得兴高采烈。"这些书被丢弃在这里不会超过一两个小时,书看上去刚到不久,"多年之后,蒂朵回忆说,"似乎丢弃这些书的人有可能还在这座果园里,但是理查德和我四处看遍了,没有发现任何人。我当时想,是不是丢弃这些书的人发疯了呢?还是谁在书的主人去世后出现,一怒之下把这些书扔了出来?"

这一发现使她想起了剑桥文学评论家弗兰克·科莫德的一个故事。"科莫德在搬家,他有一间极为重要的书房,里面所有的书都是初版,所有的书都是作者专门给他的签名本,所有的书都装入了箱子中。但是不知道什么缘故,他却误将这些箱子交给了环卫工人,而没有交给搬家公司的人。就这样,这些他个人极为珍贵的收藏品就被运走了。他再也没有看见过他的这些藏书。废料箱里的这些书也是同理:让人感觉隐私遭到了不公的待遇。很显然,这些书不应该被销毁。你就是想把它们捡起来。捡起来不是想将它们据为己有,而是为了保存,因为不管是谁将它们扔进了这个废料箱里,他也是几分钟前刚刚离开。这些书仍然鲜活无比。"

其中几本的书封上有起鼓的皇室徽章。

其他一些属于廉价书。

它们是一些单调的灰蓝色廉价练习簿。许多书是那种常见的质量很好的精装本，仿古的账房红色，上面印有烫金字："Heffers, Cambridge"（剑桥赫弗书店）。有些书是薄薄的黑色册子，带有插画壳封，封面可能基于神经系统图，由此可知其属于医疗实验室用品。有1950年代警察从上衣口袋里掏出来的那种记事小本子，还有我记得是1970年代最后一次在校服专卖店里见过的那种厚厚的小账本。有些书已经部分被水损坏了，书页早已干掉。书角粘在了一起；书钉腐蚀的锈迹渗进了书页里。一个足以装下一颗人头的盒子被扔在了废料箱的远端，早已被摔坏。里面有更多书，从它们的封面上看，有战后糖票，也有闪着光泽、触感顺滑的精装壳封，似乎就是上午刚刚买的新书。箱子的侧面有潇洒的绿色印刷字："利宾纳！ 立减5便士❶！"

一本白色笔记本被蒂朵捡起来时，犹如巧克力一样断开了。里面腐烂的书页上写满了字，一直写到书页边缘，那些字犹如一种液体，被灌了进来。

这是一本日记。

废料箱里全部148本书都是日记。

---

❶ 此处便士（d）为英国旧式货币，240便士等于1英镑。自1971年，现行100便士（p）等于1英镑。

2

利宾纳果汁箱

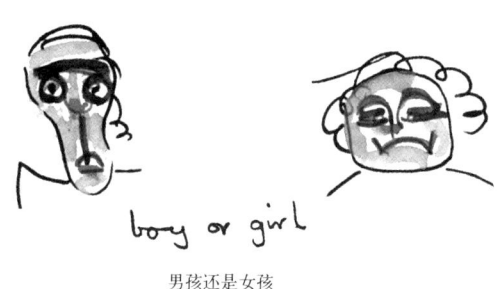

男孩还是女孩

{ *12 岁* }

一个人可以围绕自己,洋洋洒洒写出五百万词,却忘记告诉你自己叫什么名字。

以及性别。

在日记中,人们一般不写姓名、住址等明显的个人信息。他们只是活着的"我"。

然后死去,接着就被扔进了废料箱里。

显然,作者去世了。人们去世前,可能会烧了自己的私人日记,却不会将之扔到陌生人能够捡拾的户外。

发现这些日记之后,发生了两件可怕的事情。理查德在澳大利亚参加完一场派对之后,司机在送他回家的路上打了瞌睡,车子撞上了一棵大树。理查德是他那一代人中最勇敢、最有创意的学者，他大难不死，回到英格兰之后，坐在轮椅里被推来推去，辗转于英格兰各大疗养院之间。

几年之后，与我在写作上合作了四分之一世纪的蒂朵被医院诊断出，胰腺上长了一颗10厘米的神经内分泌肿瘤。我和她一起听取了确诊结果。我见识到真正勇敢的次数并不多，所谓真正的勇敢，就是那种每当你想起它，你都会油然产生一种敬佩。于我而言，堪称《圣经》里面所讲的那种勇敢有一大串，独占鳌头的就是当我们走出全科医生诊疗室时，蒂朵的那种专注的镇定。"好吧，我这一辈子也算活得不错了，"她说，"现在，我们可以去维特罗斯咖啡馆看看你的书了吧？那里凉快些。"

几个星期之后，她开始清理自己的房子。在解密日记主人这件事上，她仍没有取得多少进展。日记里不仅没有名字和收件人地址，也没有明确描述写日记人的相貌，没有提及写日记人的工作，没有关于写日记人的朋友或者家庭成员的可辨识的任何细节。任何能够用来将自己说明给他人的东西都没有。"我"为什么要不辞辛苦地写出细节呢？"我"已经知道这些细节了。

蒂朵该怎么处理这些日记呢？她不能将日记交给警察：警察会笑话她的。她也不能把日记烧掉：那等同于犯罪。

她把日记给了我。这就成了我的任务：我必须要找出这些"活着的日记"的合法继承人，然后将日记归还。

她将日记分别放在三个箱子里。最初的利宾纳果汁板条箱没有盖子；箱子的一侧塌陷了，顶部只盖上了一半儿，就像一只挨揍了的眼睛。在蒂朵之前最后一个碰过这个箱子的人，就是将箱子扔出来的那个人。箱子外面除了那句广告词"立减5个便士！"之外，其他什么也没有写。没有包装标签。没有备用地址。其中的一个扣手被齐整地撕掉了一半儿。

最大的箱子很薄，样子很普通，长度几乎到人的大腿。箱子塞得鼓鼓囊囊。透过纸板箱的缝隙，我能瞥见里面好几道色彩鲜艳的现代日记本书脊。

第三个箱子有躯干大小，原来是装佳能便携式复印机（"零热机时间"）的。箱子很光鲜，用管道胶带封存得很严实。在一处边缘有一个标签，上面的地址是写给剑桥大学三一学院的图书馆员。

我想，也许这些日记属于三一学院的某位老师，情绪顿时有些沮丧。

那个利宾纳果汁箱最吸引我的注意力。

我在想象，将这个箱子扔进废料箱里的那个人的双手仍半隐半现，在纸板箱上闪着光。我在思忖，通过认真的科学分析，我是否能够发现，这个箱子被扔进废料箱里所造成损坏的原因，是被狠狠扔进去的（作案人勃然大怒），还是被轻轻放进去的（作案人在缜密地计算落点）？我打开手机上的手电筒，往撕坏的扣手里面窥视。里面的日记塞得杂乱无章。大本深色日记中间插着口袋本，这让层层叠叠的日记中有了狭窄的隔板形状的缝隙，像一个个石洞。在一个角落，一本薄薄的壳封精装书已经被压扁了，压力之大，书脊都散了。许多书的边缘已经腐烂，变成了青苔色，犹如它们在悄悄地回归树木的路上，恰巧被我撞见。一本日记的边缘都长出了一层整齐的白色条状霉菌，就像陈年切达奶酪上的真菌一样。

我将鼻子紧紧地贴近扣手。里面闻起来刺鼻、伤感。

这个箱子里一共有27本日记。我拿出来的第一本日记，是一个口袋本：书脊、书封不同材质，蓝色封面，红色书脊。里面有印刷商的广告，形状像小胡子似的花边里面写着"登比商务印刷"，我联想起在美国中西部的微风中摇摆的指示牌，眼前闪现出克林特·伊斯特伍德饰演的牛仔叮当作响地走进小镇。在对页上，印刷商用紫色墨水印着详细地址：W.坎宁斯有限公司，伦敦佩克汉姆主街23/5号。在左上角，用铅笔写着价格：3/10。

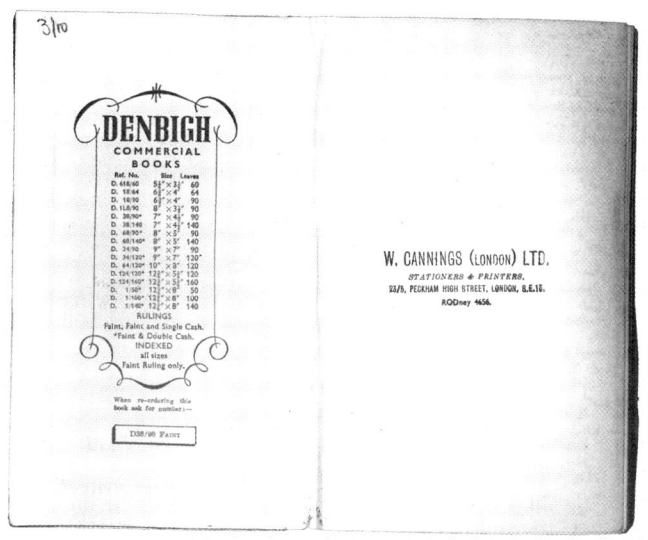

里面的每页纸上都是满满的手写笔迹，连边缘也不放过。字母写得自信、大气，在每行写六个单词的纸页上，所有能写字的地方都写满了。除了偶尔能看到下列几个字母写得十分喜庆，"J""H""d"，

其他字母从头至尾，都是用一种近乎机械式的规则字体写出来的。这不是一种有特别用途的日记本。任何市面上的日记本都满足不了这个写日记人的需要。有些篇日记4000词；有的甚至更长；没有一天被落下。这是一本普通的袖珍笔记本，而写日记人迫切地想要记录个人生

活，这份迫切犹如强敌环伺。在第一页的页面顶端，方括号里写着年份——1960，好像时间这事儿无关紧要。

突然间，我被这一细节所打动。一条我得以俯瞰的管道似乎穿越了过去五十年的混沌，在五十英里之外的南伦敦重又冲出地面，就在这位走上佩克汉姆主街的写日记男作者（在我的脑子里，这位作者已经是男性：他在日记本里写得满满登登的风格，有破坏性的一面，好似一个男孩儿在洁白的雪地上任性地踩踏）的身旁。我从管道这端望过去，对我的新朋友眨了眨眼睛。他是谁呢？他为什么要以这个速度出行？他的身上有没有某种东西已经说出来"你的宿命就在废料箱里了"呢？我仿佛看见坎宁斯文具公司的所在地是一个天花板很低的房间；我的主人公走进公司时，门上的铜铃铛将街上交通的嘈杂摇落在外。我在想象，在公司大厅中间有几级台阶通往地下室，在收银台旁边，一位身材粗壮的工作人员在闷闷不乐地打着包裹。这些日记我还一个字没看，可是，这位日记作者在我的脑海里已经变得清晰：他的身高，他软呢帽的颜色，他矫健的步伐，他棕色皮鞋不是布洛克款（我讨厌布洛克款）这一事实。

整本坎宁斯日记记载的时间跨度有两个月长，从10月16日到12月16日，很多书页的上面写有看上去很兴奋的评论，都是事后产生的想法，在书页的边缘像泡泡一样，一个接着一个。如同这个日记本被舀进了语言的湖水里，被拿出来时，水在汩汩地往外流淌。

我注意到，日记本的封面变了形，一时间以为封面是被挤弯的，如同日记本被塞进了一个过小的口袋里；但是我接下来却发现，封面之所以变形，是因为在日记本的后部，塞进了一小团折叠的东西。这位写日记人写到最后一页了，仍然刹不住闸，又从其他信纸上撕下来小条，继续往上面酣畅地写啊写。我读到的第一句话，就是写在这其中一张额外纸条的边缘上，字迹轻得犹如耳语：

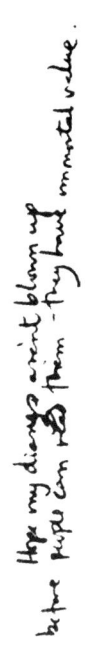

(Hope my diaries aren't blown up before people can read them — they have immortal value.)

但愿我的日记在人们能够看到之前,别被毁了——我的日记有不朽的价值。

这本坎宁斯日记给我一种这样的感觉:这位写日记的人似乎被施了催眠术,因此才写起来停不住。文本主体的字母写得很大,为了写起来求速度,使用的是软芯铅笔或者圆珠笔。

我拿起来的第二本日记,是一本廉价的、薄薄的、黑色的笔记本,封面是可以洗涤的那种人造革。这里的字迹是用蓝色钢笔写的,字体也小了,从下一年开始:

我必须饥肠辘辘地继续下去——缓慢的时光度日如年,中午只能吃到一块三明治——这件工作必须要填满并且占据我的灵魂……

他在专攻一个项目 —— 他一生中最伟大的项目。但是，和所有对他十分重要的事情一样（比如他的名字、他的性别、他的地址、他的外貌，等等），他也只字不提这是什么项目。只是以"它"来代称。对于"它"，他甚至连模糊的描述都不做，这或者是因为他是一名间谍或者炸弹专家，他若要做一番描述，定会招致危险；或者是因为对于他来说，"它"太显而易见，已经成为他不可分割的一部分，因此必须要和他的存在并存。

我犹如抓住一根救命稻草一样，紧紧抓住生命 —— 我觉得我可以做出了不起的事情 —— 我非常害怕出现身体方面的灾难，没有什么比这更糟糕的了 —— 在我将我的才能贡献给社区之前，我可真的死不起啊 —— 为了能够将我的才能变为成果，我已经很勤奋，我已经受了许多苦难。

在这本日记的某些地方，出现了更多的删除线，更多的下划线，字迹也写得不齐整了：<u>受伤</u>，<u>氛围</u>，<u>不相信我！！</u> <u>饿死了！</u> <u>我要把他们都宰了！</u>

人必须要在危险的环境中生活、冒险，否则就要一直从事一种普通的职业……我现在明白了我可以做到。

(IT MUST BE DONE!!)
必须要完成它！！

3

最新的日记……

> 我做了一个梦,梦到我把
> 彼得揍了一顿。
>
> {55岁}

最新的几本日记里有最古老的字迹。

这些日记本放在第二个箱子里(长度及大腿的那个箱子),和利宾纳果汁箱里的那些1960年代日记本相比,这些日记本显得极为不协调,就像在古老的埃特鲁斯坎锅上发现了一块压扁了的泡泡糖:一本日记的封面颜色绿得扎眼,犹如炸鱼薯条店里的豌豆泥;另一本是柔和的帕尔玛紫罗兰色;还有一本橘红色的,看起来好像橘子一样油亮亮的、坑坑洼洼的。利宾纳果汁箱里的日记暗示出里面写的是战后的英国。相比之下,"大腿箱子"里的日记本在1990年代之前是不可能存在的。这些日记本的生产,是计算机辅助的化学过程。它们产自东南亚,搭载集装箱船舶,经历了漫长的海上旅行,纸张的质地很像薄薄的软乳胶;简直像避孕套,令人厌恶。

当我轻轻翻开笔记本时,本子的衬页咔咔作响,犹如昨天买的新货。

大腿箱子里日记本的字迹也不同于先前的那些日记本。蓝黑色墨水写成,笔尖粗细中等,没有任何圆珠笔的痕迹,这些字迹让我联想起了一群逃跑的蛆虫。那些1960年代的早期日记,是用热情奔放的字体写成的。有时候，那一页纸的整个宽度就写了五个单词。而在这些现代的笔记本里，"我"在一行里竟然塞进了14个单词。这些字母的高度与钢笔尖的粗细一样。字母的形状也改变了：字母"h"往往只写了一竖，或者（诸如"that""the"等小词、短词）被完全忽略掉了；字母"u"和"d"的弧线部分，却如便士硬币那样扁而又扁。所有的字母或是像蠕动的虫子，或是像被坐扁了一样。但是，经过了最初的震惊之后，我倒不觉得这种字迹太难看懂。

[手写英文字迹]

(If I was "God", I would strike the people all dead.)

假如我是"上帝"，我会把所有人都杀死。

两行字很容易地滑进了一行行间距：

[手写英文字迹]

(Peter still risks having a knife stuck right through him, and the police coming up here and all that, just like with the widow lady.)

彼得仍然冒着被人捅一刀的风险；然后引来警察，还有别的事儿，就像那位寡妇的情况一样。

还有一个特点，在早期那几本日记中，写日记者总是在横线上面写，或者与横线平行地写；可是在这本日记里，他却往跟横线成两度角的方向斜着写，似乎他的手臂被一条绳子束缚着：

> *It was on the News tot a man has been let out of prison — was wrongfully imprisoned since 1975, twenty three years; myself been shut up at Peter's for one year more;*

(It was in the news that a man had been let out of prison — was wrongfully imprisoned since 1975, twenty three years; myself been shut up at Peter's for one year more.)

新闻里说，一名男子获释出狱——自从1975年就被监禁，被冤枉了23年；我本人却被关在彼得这里，比他还要多一年。

然而，毫无疑问，这些日记和利宾纳果汁箱里的日记都出自一人之手。让我看出这点的，并非是他的手写体风格，而是他的紧迫感。两个箱子里的日记如出一辙，正文都是从日记本可以写字的第一页左上角直冲而入，内容都是紧承上一本日记，200张纸之后，写到尾页空白面上最后几毫米处时，内容依然有增无减，直奔明天。连最会装车的搬家公司的人，也自愧弗如。这些色彩鲜艳的笔记本，每本都写有15万词，时间跨度大约是两个月，每天2500词。一般英国人每分钟可以写30词。假设不停下来思考，也不停下来歇歇手，那么，这个人每天平均要花1小时23分钟，来把自己的想法卸载到纸上。没有少于40分钟的情况。偶尔几次，可多达3小时。

日记里没有画掉的部分，也没有显示出任何犹豫。有一两次，一个单词刚写到一半儿，还剩下几个字母没有写完，墨水突然间就没了。但是这位作家身边一定是有备用的墨水盒，因为很快地，墨水涌出，把一天写完。

在这些后来的日记本中，生活空虚无比。关于那个"伟大的项目"，只字不提了。连"它"也不提了。他谁也不见，哪儿也不去。"我"将他描述为"毁掉了""迷失了""牺牲了"。他所有的希望都破灭了。而要对这场灾难负责的，不仅是那个叫彼得的男人；还有"我"几次控诉的"那些没完没了睡觉的人"。

这位日记作者说，这个叫彼得的男人就是他的监狱看守，说他是一个"残忍的"家伙。

> I just wish I could put my hands round his throat and strangle him – throttle him to death.

(I just wish I could put my hands round his throat and <u>strangle</u> him – throttle him to death.)

我真想掐住他的脖子，把他掐死。

日记里根本看不到彼得。关于彼得的体貌特征他没有做任何描述。我们只能嗅他。"难闻的彼得"，"我"给他起的绰号；"臭彼得"。偶尔，尤其在夜晚，我们能够听见他。他的脚步在楼下走廊里吱嘎作响；屋后传来了骚动，接着是冲水的声音：原来他去了厕所。

> It is still a riddle to me, how all the stink of his wickleery comes up to the back landing when he has a crap – if it comes up through the drainpipes or the ventilators or what. Or if the smell seeps out of his bedroom from the pipe to his washbasin

(It is still a riddle to me, how all the stink of his wicklery [going to the toilet] comes up the back landing when he has a crap – if it comes up through the drainpipes or the ventilators or what. Or if the smell seeps out of his bedroom from the pipe to his washbasin.)

这对我仍然是个不解之谜：他拉屎时，臭味儿怎么会一直往上传到后面楼梯平台那里？是通过排水管，还是通风装置，还是别的什么？要不就是那股臭味儿从他卧室里的洗脸池管道反了上来，然后又从他的卧室渗了出去。

偶尔，彼得也溜进"我"的房间。接下来发生的事情让人几乎不敢相信。他偷走了"我"的东西！书籍、珍贵的书信，还有好几本日记。

他在花园里把偷来的东西都付诸一炬。

> (I think Peter must have burnt all E's photos, and a lot of the music — took advantage when I was in hospital.)
>
> 我想彼得一定是将 E 的照片都烧毁了，很多乐谱也没放过 —— 就趁我住院期间。

到底发生了什么？这位日记作者为什么充满了仇恨？
彼得真是个可恨的人物。

> (He seems indestructible, like Nelson Mandela.)
>
> 他似乎像纳尔逊·曼德拉那样坚不可摧。

4

扁脸人

> 或许在花甲之年蓦然回首挣扎的一生,会深深地感到伤心,因为尽管才华横溢,相貌出众,最终却一无所成。
>
> {*21岁*}

大腿箱子里有六本日记是算数练习册,骑马订,燕麦饼干纸质。这些沉闷的小日记本已经褪了色,恰如拉丁语课程那种乏味的蓝色。每本练习册的封底都印有算数表,列出了布匹长度单位($2\frac{1}{2}$英寸=1内尔)、一捆草需草量(56磅,陈年干草量;60磅,新干草量;36磅,麦秆量)以及我最喜欢的配药用"药衡制"(20格令=1吩)。

打开日记,你可以看到用蓝墨水画的连载漫画。每页有二至八幅。现在可以将其称作漫画书。图画的场景大小不一,总是带有边框。图画中的人物穿着长袍,被多次捕捉到处于迫害或震惊之中。人物脸部扭曲变形。但到底发生了什么,谁也猜不到。

叙述没有明显推进;它犹如为一班表演夸张的木偶剧团拍摄的一组照片。唯一不断出现的人像就是一张男女均有可能的、长着犀牛鼻子的脸部画:

　　这张脸总是左侧视角，下颌微收，仅是身体轮廓的一部分。在每幅漫画中都有这张脸，总次数远超2000，而且总是以同一种方式画出，由九条基本线组成：一条线是额头，两条线是大鼻子，一条线是自负的上嘴唇，脸颊和下巴由一条曲线构成，看上去隐约似阿拉伯人，一条下划线表示酒窝，三条横线迅速构成眼睛。头顶上表示头发（有时候光滑漂亮，有时候邋遢不整）的，是众多的斜线或者曲线。大多数情况下，这个貌似戴着假发、形状如比目鱼般扁平的脸部画，所反映的内容并不多。它似乎让你感觉到一种极其善良的力量。它最让人不悦之处，就是会反映一种诗意的痛苦。有时候，这张脸随一副身体出现；有时候，单独出现。它如此频繁地出现，以至于让你一见到它就感到不舒服。

　　这张扁脸的名字是（通常是）克莱伦斯。也会被称为卢巴伯，或者波巴伯，或者约翰。

　　有时候他在监狱里：

和他的两个狱友在一起,他们分别是下巴长得像蒸锅的"看守"……

……以及一个叫作沃夫尔的面部表情变化无常的丑八怪:

扁脸人"克莱伦斯"生活在过去。有时候他走出监狱,来到酒吧里,被问及高难的数学问题……

("What's two and two?")

"二加二等于多少?"

……他努力给予回答:

在其他时间,以"约翰"身份出现的扁脸人生活在漫画创作时期——1960年代早期。在这些同时代的图画中,"约翰"可能躺在一张漂亮的帆布躺椅上,手里端着一杯马丁尼酒:

("I will have zis deckchair, & none uzzer" raged Irwin. "Tomorrow, tomorrow!" was the carefree reply.)

"把这把躺椅给我,他人勿用!"欧文怒道。"明天,明天!"他漫不经心地回答。

他是怎么躺到这把椅子上的呢? 欧文(事后发现他是扁脸人)讲话为什么有德国口音? 漫画上方的那两个人在做什么? 在种胡萝卜吗? 躺椅从什么时候开始有了遮脚篷呢?

有一次,以"克莱伦斯"身份出现的扁脸人变成了国王……

……这使他脾气很坏。

还有一次,扁脸人的时日似乎屈指可数了:

这个故事永远没有尘埃落定的时候，不过扁脸人无时不在。在这些漫画书里，每隔15页或者20页，漫画故事戛然而止，整页纸上画满了这个令人不安的侧面像。

释放了压抑之后，他又重拾起漫画故事，继续叙述下去。

但这并不是一个连贯的漫画故事，而是在叙述一开始就犯下的一系列错误，又受到了一张面孔的限制。但这是谁的面孔呢？肯定不是"我"自己的面孔。这样自恋的一个人应该去探索自己面孔的特征，而不是固化它们。这张面孔是某人或者某件事情的象征。如果给它几年的时间，它就会演变成一个象形文字，最终加入中国汉字的行列。

仅有一次，"我"没有将他局限于这九条基本线，而是让克莱伦斯给了读者一个正脸儿。为了强化这次正脸儿给读者带来的恐惧感，这也是"我"唯一一次使用颜色：

5

躯干大小的箱子

> 有了两种执念：我要当一名作家；我会窒息。

2005年，我离开剑桥，来到萨福克租了一间狩猎小屋，这些日记本箱子成了临时的鞋架。2006年，我和女友弗洛拉来到伦敦，为一位钢琴家照看房子。那个躯干大小的打印机箱子成了鸡尾酒台；大腿尺寸的箱子放在了一把椅子下面；利宾纳果汁箱不稳当，没什么用，就被丢在了施坦威钢琴下面。

2007年，蒂朵被告知得了胰腺神经内分泌癌。2009年，癌细胞扩散。

我认识蒂朵25年了。最初认识她时，我父亲已病入膏肓，将不久于人世，是她帮助我渡过了难关；那时我21岁，十分愚蠢。她比我年长12岁。是她让我成长，她教我如何思考，如何写作，如何做人。

胰腺神经内分泌癌也夺去了斯蒂夫·乔布斯的生命，这是他为什么能够发明苹果平板电脑和苹果智能手机的原因。假如他得的是普通的胰腺癌（当时几乎所有媒体都这么报道他），那么他在苹果笔记本电脑发布之前就已经去世了。神经内分泌肿瘤生长非常缓慢。只要癌细胞不扩散，有些人一辈子也没事儿。

蒂朵的肿瘤已经在她的肝脏上长出芽孢，孢子已经涌进了她的血液。

蒂朵所在地方医院的那位会诊医师真令人讨厌：盛气凌人，让人害怕。我不得不将蒂朵转到伦敦皇家自由医院，那是一家专门治疗神经内分泌癌症的欧洲卓越中心医院。扫描得六个星期之后了；我每天早上打电话软磨硬泡，才把时间提前到了十天之后。只要你学会如何去运用它，英国国民卫生服务体系（NHS）就是一个非常好的组织。你可以去研究抗癌饮食，你可以去发现锻炼项目，你可以从加利福尼亚订购95美元100ml一瓶的好吸收脂质体姜黄色素（后来我发现，生产这种药物的人因杀人罪正在被警方追捕），你可以从伊斯坦布尔进口电动石榴榨汁机，你可以去调查一种了不起的由同行评议过、却被遗忘的瑞典疗法。你看，我们为什么谈到这些事情上了？我得继续说正事儿……

弗洛拉和我在伦敦那位钢琴家的房子里居住的五年时间里，我偶尔也瞥见过几次那几个装日记本的箱子，可是一想起里面的内容就心情不悦：那张可怕的面孔；那些逃跑似的小字母；"我"的宿命感，以及对一项未知事业的一贯倾心，所谓的未知事业，也许是一个对人类极其重要的了不起的项目，然而接下来的却是他所有计划的全盘失败。尽管有些日记本的封面或是鲜艳的橘红色，或是令人震惊的豆绿色，但是在我的脑袋里，它们仍然是苍白的东西。对于这些箱子里的日记，我的感觉如同面对 M.R. 詹姆斯❶故事里的魔鬼一样：令人毛骨悚然，但是缺少力量感；与其说是邪恶，不如说是缺少美好。它们代表着蒂朵身体还不错的时期。它们也在刻意说明，蒂朵可能不久于人世。这些日记真的令人憎恶。

时不时，我也钻到施坦威钢琴下面，往利宾纳果汁箱子里看几眼。但是我并没有研究那些日记本。我从钢琴腿中间退出来，感觉有些恐怖，犹如我在逃离流沙。

2011年，我和弗洛拉又搬了一次家，这次我们搬到了诺福克的大鼾声小镇，这时，我已经把那几箱子的日记给忘了。它们只不过是我

---

❶ M.R. 詹姆斯（1862—1936），英国作家、中世纪研究学者。以鬼故事见长，代表作有《运用如尼魔文》（"Casting the Runes"）等。

一千个左右箱子中的三个，我每次搬家换房东，就会拉上这些箱子，如同《圣诞颂歌》里的马利拖着沉重的铁链一样。我把它们和其他箱子一起塞进我的厢式货车的后面，到新地方之后，我又把它们卸到鸡鸭乱跑的院子里，然后丢在一间储藏室里。

就在这时，利宾纳果汁箱摔坏了，27本日记被摔了出来。

其中一本日记描述的是一场血流成河。

柯林斯版"三日皇家日记"的封面为蓝绿色，比一颗带皮烤的土豆大不了多少，书脊中部也塌了进去，似乎日记作者突发一阵痉挛使劲儿一捏，将其捏进去了一般。我做了下实验，在大鼾声小镇的养鸡场里，我用各种握姿挥舞着这个本子。我发现，只有用左手使劲儿握，才能导致这种塌陷。在我的想象中，那是在露天环境下，一名传教士手里握着《福音书》在高谈阔论地给一群牛仔布道时的手势。

打开日记本，其中一页上印有实用信息，将元旦称之为"割礼日"。

同样，在日记正文部分开始之前，这位日记作者的书写已经把各种空白处占满了。

11月19日，星期六

今天大多数时间花在了画画上。也许这是我最好的画作，怎么看都像是梵高的作品。

过了126页和四个星期之后，能写字的最后一页的最下方，蹦出了这些字："怀有一种不祥的预感看着她走了……"

在中间，"我"描述了一场捅刀子过程。

(Then, to my horror, — a sudden burst of blood rushed from my body

Ran about, & outside the house calling for Nizzy desperately.)

接着，令我恐惧的是，从我的身体里突然涌出一股血来。到处跑，在房子外面，拼命地呼喊尼兹。

(never lost so much [blood] so suddenly before in my life,)

在我的一生中，从来没有这么突然地失过这么多[血]。

(felt terribly afraid.)

怕得要死。

谁捅了他一刀？为了什么？尼兹是谁？"我"并没有说。他在外面什么地方？是在路上流血吗？在花园里吗？在我的想象中，他用手捂着伤口，飞跃了一座假山。这是什么时间？这有可能是一大早发生的事情，因为"我"报告说，他还穿着睡衣呢。但是话又说回来，他是一位画家，所以这有可能是一天里的任何时间。

在这段充满戏剧性的描述中，"我"书写字母的那种井然有序、间隔均匀的风格却丝毫没有变化。如果说有什么不同，那就是行文中出现了一种镇定："我"以为，他将需要一次"输血"，然后就小心翼翼地回到房间给他的医生打电话，这样，在他抵达时，医院就会做好准备，架好医疗器械。但是电话旁边的那张电话号码纸却不见了，电话号码丢了就等于电话线被切断了一样。"我无比沮丧地"哭泣，四处寻找电话号码纸。

接着，突然间，风息雨停。

流血停止了。尼兹回到了家里，原来尼兹是他的母亲。"有时候我就是那样哭泣得难以控制"，他告诉自己的母亲关于自己的流血经过。尼兹说，他"过于小题大做了"。

我们这位谜一般的日记作者并没有被人捅刀，也没有割腕，也没有从窗子处摔到外面的温室里。他之所以受苦，"是因为我的性别"。

这个可怜的家伙来了月经。

他是个女人。

6

月经之章

> 除了要做一名艺术家之外，我生来就是为了爱，就是为了做一个女人。尽管不经常涂脂抹红和尖声喊叫，其实真的非常女人啊。
>
> {*21岁*}

有哪个男人不想偷窥女人脑子里的想法呢？

将我的注意力又带回到这些日记的，并不仅仅是郁闷和顺便，而是好色本性。我等不及要重新翻阅这些日记。

"你想知道我，作为一个女人，独自踱步时在想什么，是吧？"这些日记的作者似乎在这样说，"坐好了。认真听我说。读完148本日记就会有答案。"

如果我阅读了这些日记，我就会像希腊先知忒瑞西阿斯一样，他在被蛇咬了之后，做了七年女人。当被宙斯问及，女人和男人谁更享受性爱时，忒瑞西阿斯回答，女人得到的乐趣比男人多九倍，他立即被天后赫拉变成了瞎子。

研读这些日记，我就会了解到值得为之变成瞎子的秘密。

我把大鼾声小镇我家书房的窗帘拉上，关上门，把自己锁在了屋子里。"我"首先将把我领到哪里去呢？ 是领到她的卧室吗？

令我惊讶的是，她首先领我去的地方竟是卫生间。

14岁的时候，"我"来月经了；20岁的时候，月经占据了她的全部生活；最糟糕的时候，每四个星期中，就有三个星期被月经毁了（一个星期被恐惧所支配，一个星期被痛苦所折磨，一个星期被疲劳所拖累），并且不被认为严重到该去找医生看看。

> 很快，肚子就开始疼了。尽管不是疼得满地打滚的那种，但感觉也是够难受的；这毫无疑问是我所经历过的最糟糕的痛苦。吃了药，然后跪在地板上，煎熬着等待痛苦消去。

这下我明白了，我必须把这三个箱子都带回剑桥警察局，如果过一段时间之后，仍然没有人来认领，我就把它们都烧掉了事。要是不把它们都烧掉，那我就是变态狂了。我就不是什么正人君子了。这个世界不该偷窥处在这种时刻的女人。这位日记作者所描述的事情，从某个角度上说已经明确表明，她根本不期待也不想让任何人知道她的事情，更不用说把这些东西写在传记里面了。

我兴奋地点上壁炉，退回到一把扶手椅上，继续阅读下去。我真不敢相信我的运气。

在最初的几本日记里，"我"谈论起月经的感觉，犹如我曾经工作过的流浪汉收容所里的瘾君子谈论海洛因给他们带来的快感一样。月经让她充满了幸福感，如同星期日早上你睁开双眼，发现这一天早已开始，然后再来个回笼觉，因为你知道根本不用起床。

> 感觉非常温暖且睡意浓浓——月经期的一种健康的困意。早上，感觉一切都是那么美丽，我本人也非常美丽。男人们似乎很快乐。

她来月经之前的那个星期，喜欢看男人哭泣。她想象男人跪在地上，痛苦得难以抚慰的样子。有一次，在她来月经之前的一个星期，她乘坐公交车去她在读的预科学校，脑子里突然浮现了一幅生动的画面。她所想象的是一出歌剧，一位少女"被她占有欲很强、嫉妒心颇重的监护人所控制，这位监护人安排她嫁给一个既年轻又帅气的男子，但是少女却并不爱这个男子"。

在大巴上，这位荷尔蒙分泌旺盛的日记作者在渴望着这样一个场面的出现。她想象：也许这个少女的监护人请来了一位画师为她画肖像，同时规定画师不许碰触少女，也不能和少女讲话。"但是这位热情的画师不能久久沉默地作画……"

听到监护人的脚步声，画师和少女都立即恢复到原来的位置。
[画师]蹑手蹑脚，边走边滴着墨。

然而，当"我"终于让大家看看这位要把少女拐走的艺术家的面目时，竟然让大家惊讶不已。在一层层锦缎丝绸和天鹅绒的围绕下，呈蹲坐姿势的这位艺术家就像一只被蒸熟了的蟾蜍："人到中年，其貌不扬，一头红发放荡不羁，也许还有点儿发福。"

第二天早上，这位日记作者的流血开始了。

月经把我弄得疲惫不堪。听了一些收音机里播放的贝多芬曲子，从厨房窗子向外看，水仙花和园子里的美景尽收眼底——感到一阵深深的忧伤，而只有在失血过多时才会有这种感觉。身体上的症状对一个人的影响真是深刻——所以，尽管我没有工作，也没什么前途，而且抑郁得要命，我仍然很乐观。

1960年，她来月经的方式发生了变化。那种令她欣喜的成分不见了；整个过程让她十分憎恶。来月经之前的那种紧张感紧紧地压迫着她的腹股沟，逼近她的膀胱，逐步蔓延到腹部，即将要爆发。"身体和灵魂拥挤在了一起！"

她的那位男性全科医生说，这根本不用担心——女人到时候都是这样的。他令人厌恶地喃喃自语，她已经"成熟了"。

整个人类让我怒不可遏，我习惯性的礼貌已经变成了薄薄的一层壳，很难抑制住我的真实激情。

接着，突然间月经就来了，有时候比"该来的时间提前了半个小时"；有时候要晚好几天或者早好几天。有一次，当她正在雇主家的大钢琴上弹奏一支莫扎特的奏鸣曲时,月经就来了。还有一次,她又是在大巴上,从窗玻璃上看着自己,想象自己来到了凡尔赛宫。突然,她来到了尼亚加拉大瀑布。

> 今天又开始流血了,感觉几乎不能忍受。甚至不光是那种不可避免的疼痛了,还伴有某种恶心感,或者肚子里的难受,或者整个身体里的剧变。我看在这种状态下什么工作我也做不了了,这太耗神、耗力了,可是你又能有什么法子呢?已经失去了一个星期的时间,什么也没有做——没有工作,什么也没有……

如果这段时间里有某个考试,那就很难对付。如果"我"需要做某种必须要全神贯注或细致操作的事情,或离最近的厕所超过了五分钟的路程,就倒霉了。能从床上爬起来,就已经是个了不起的女孩儿了,更别说去上学,或者在考试中杀得男孩儿片甲不留了。

在20至25岁之间,只要这位日记作者努力开始做点儿什么事情,命运就会悄悄地伸出一根脚趾,将她绊倒,在接下来的四五天里,痛击她的肚子:

> 这让你感觉多么痛苦啊!什么事情也做不了,只能忍痛抱着肚子。

攻击她的脑袋:

> 感觉天旋地转,甚至不能集中注意力。

戳她的耳朵:

缓慢地来到邮局。患上了神经过敏症，几乎忍受不了来往车辆的噪声，今天受不了任何声音。

拉扯出她的内脏：

子宫下坠的痛苦和心神不宁。

然后止住她的心跳：

早上如玫瑰般美好，但是很快地，那种腹痛感和眩晕感再次袭来。剧痛难忍——瘫在乱糟糟的床上，大汗淋漓，单衫敞开。大约过去一个小时，药片产生效果，痛感消失；之后感觉一阵寒冷，套上针织衫，灌上暖水袋。当这痛苦的一小时过后，躺回床上，睡意甚浓，脉搏异常缓慢。

十月份，她在预科学校开始产生"不堪的情感"：

真是奇怪啊，有一种犯罪的欲望，离实施不远了——想去攻击人，威胁他们，揍他们，甚至朝他们捅刀子；将更衣室里面的衣物烧掉；砸东西。

她失去了工作，失去了朋友，其中包括两个有可能成为男友的朋友；月经打乱了她的假期，干扰了她的睡眠、她的饮食——但是，令人惊讶的是，她从来没有失去过自控。她走在街上时，仍然表情平静，似乎什么问题也没有发生。"不要因为身体不适，就表现出来。"她的毅力无比坚强。

认为我对月经这件事情很是迷信，因为和伤风感冒不同，它完全是一个女人的过程，而且十分神秘。来月经时，我确实感觉比其他疾病来袭更加难受，其难受程度远超麻疹。就算月经是女人的责任，那也不应该如此痛苦，而应是一个自然的过程。我想，那些离泥土更近的人，比如农民和野蛮人，就不会像我们这样难受。

在她整个一生中，"我"将一共经历450次月经，失去多达36升的液体和内膜，相当于六次放出她的全部血液。

转天，我在加油站做了个实验：我把油枪开至全速挡位，手紧扣扳机，花了足足1分12秒的时间，将36升汽油加到我的本田思域油箱里。这足以把整个加油区炸成一片废墟。

认为什么膀胱了，肠子了，简直令人作呕，大自然创造了这些功能，真是太没有品位了。

7

沃

{*18 岁（？）*}

研究了这位日记作者一个下午之后，我把所有日记本都按照我最初看到它们时的顺序放回了箱子里：把那些里面写着那项伟大项目（<u>必须要完成的"它"！！</u>）的旧坎宁斯日记本装回利宾纳果汁箱里；把那些透着陈腐谋杀气息的色彩鲜艳的现代本放回大腿箱子里，六本绘画册也该放入此箱。我觉得保持日记本在箱子里原来的顺序至关重要——犹如它们的安排本身，能捕捉到日记作者鲜活却又不可知的某些人生内容。

正当我要把第一本带漫画的算术练习册放回箱子里时，我意识到了克莱伦斯是谁。当我再次翻阅日记本时，我的目光停在了一段令人困惑的情节上：扁脸人（以"克莱伦斯"之名）走出了监狱，正在一座修道院的院子里散步。

另外还有一个人物叫勃莱肯伯雷（即 Brakenbury）。勃莱肯伯雷和克莱伦斯？等一下，这难道不是莎士比亚戏剧吗？马姆齐葡萄酒？克莱伦斯一定是克莱伦斯公爵，被淹死于马姆齐葡萄酒桶中的男人。因此，扁脸人、看守和沃夫尔居住的屋子，就是被定罪之人在伦敦塔里面的牢间。是的，你看！在这里：理查三世……克莱伦斯公爵，国王的哥哥，罗伯特·勃莱肯伯雷（名字中间有一个字母 c，即

Brackenbury），伦敦塔卫队长……还有，名单上的最后一个人，在所有庞大的群演阵容——主教、市政官、市民、兵士、使者、凶手——的后面，就是那位下巴长得像蒸锅的狱官。

扁脸人／卢巴伯／波巴伯

那个忙着挠屁股的合唱团领唱慨叹没有一个打败波巴伯的机会。

克莱伦斯望向外面的阳光……感觉如无垠的大海一般漂荡无依。

沃夫尔和愣头青在讨论该怎么对待卢巴伯：往死里折磨、随便折磨折磨，还是放他一马？

"好的，勃莱肯伯雷……
合唱队……就在那边。"
"现在呢，克莱伦斯，我跟你说，如果你要当这么一个胆小怕事的软柿子，我就再也不跟你讲话了。"

（[我理解]"Wessar"是"我"说"屁股"时的用词。）

勃莱肯伯雷在连载漫画中出现不久，这个谜底就彻底揭开了，因为理查本人登场了，他像极了劳伦斯·奥利弗：

mye merye man

原来是这样！这些奇怪的人物是1955年奥利弗主演的电影《理查三世》里的演员。那部影片里，街景荒凉、肃杀，奥利弗饰演的国王如蜥蜴一般。饰演克莱伦斯的是约翰·吉尔古德。

连载漫画里，时间上之所以出现令人困惑的跳转，是因为现代场景上显示的约翰·吉尔古德并非在片场。比如，他等着去他哥哥欧文家的厕所：

(Irwin: "Damn it all, John, he's gone and pinched *Pride and Prejudice*, and he's!!"John was more amused than sympathetic.)

欧文："他妈的！约翰，他走了，而且偷拿了《傲慢与偏见》，就这么让他走了！！"

约翰与其说是感到同情，不如说是感到滑稽。

在被鸡蛋（"我"对女人的称呼）追求：

("I'd love to come out with you Johnnie," said the egg.)

"我真想和你约会,约翰尼。"鸡蛋说。

这位年轻的日记作者为约翰·吉尔古德着迷。这位男演员的面部从不发生变化,因为那是一种完美的标记:那九条线和蓬乱的头发就是她的象形文字"爱"。

> 这篇日记忘记写了:星期一夜晚,应该说是星期二早晨,做了一个美梦,梦到了克莱伦斯!他身着棕色长袍,躺在地上哭泣,袖口掩住泪水,令人产生一种模糊的、很有色感的[很撩拨的]美好梦境。管它什么责任,呸,真想和他有私情!

之后我发现的其他练习簿和便笺簿是她几次尝试写一部关于吉尔古德的小说。故事充满了爆炸气息。事情总是"突然间"发生。人物总是让人意外。每一页纸上都会几次出现这样的情形:一只叙述的手

突然扬起来,照着读者的脸扇一巴掌:

> 约翰仍然心烦意乱,因此就痛饮了一番干马丁尼酒,也许这么大喝对他身体不好。在马丁尼酒的安抚下,在欢乐伴侣的刺激下,他的受伤感和自我厌恶感开始消去。欧文此时也非常快乐,每一分钟都变得更加友好和健谈,并且时时地呵护着弗勒雷特·布莱巴奇,这位女士真的非常喜欢虾配橄榄泥,也极其喜欢鸡尾酒。在经过了如此一轮之后,这位鸡蛋竟然变得如此屈尊而优雅。
>
> "大家请听我说,吉尔古德先生说他将给我们演奏。他是多么可爱可亲啊!"
>
> 约翰拿起一本贝多芬奏鸣曲。书摊开来,好像自己会动了一样。
>
> "这一页够复杂的。"弗勒雷特·布莱巴奇说。
>
> "指法娴熟,"瓦尔[约翰在本篇故事里及真实生活里的另一位兄弟]告诉她,"这支曲子他练习了很久。"
>
> 约翰冲他们一笑,将曲谱放到了架子上。他的双手急切地放在琴键上。然后他开始弹奏。
>
> 犹如被施以了魔法一般,一支简约、柔美的曲子从钢琴传遍了洗耳恭听的整个房间。弗勒雷特·布莱巴奇的冷笑消失了。克卢恩斯[在《理查三世》电影里饰演海司丁斯的亚历克·克卢恩斯]专注地向前探着身子。突然,贝克也侧耳聆听。欧文做了个鬼脸。至于约翰,他则忘记了周围所有的人,忘记了他所有的烦恼,徜徉于声音的世界,跳跃于黑白以及难以描述的色彩世界,翱翔于无限的空间。他的演奏温柔、梦幻;突然间,风格大变。音乐变得狂野,激情四射。约翰本人也是。所有的人都是感觉一震,现出了某种惊讶的表情。欧文不再做鬼脸。约翰毕竟不是庸手——

几乎是高手。

接着,最初的主题重新闪过。它犹如一部传奇,遥远,回荡在久远的年代里。它充满了魔幻与神奇。约翰的演奏赋予了它这样的品质。

没有人注意弗勒雷特·布莱巴奇。这枚鸡蛋正在全身心地关注着约翰·吉尔古德。她的一双大眼睛在他的脸上扫来扫去,然后依次循迹至他的鬈发、硕大的鼻子、坚毅的嘴角和刚毅的脸部线条。

"吉尔古德先生!"这枚鸡蛋突然站起身来叫道,"赶紧停下来!多吵啊!我可怜的耳朵!音符全都错了!"

"我"作为艺术家要好于小说家。她的绘画看似笨拙,作画时似乎刻意追求原始和仓促的风格,但是这些绘画并非因为她缺乏才气才被扔进废料箱里。她的动感十分出色,重量感和平衡感也很好。她的风格出奇制胜,活力四射,可是,剑桥却有许多连她这风格一半儿也赶不上的职业艺术家竟然能够衣食无忧,他们的静物画和雕塑作品平庸至极,其主体漏洞百出。

"我"作为艺术家失败的原因在于绘画内容;而非画作本身。

原因在于沃夫尔这个人物。

沃夫尔是谁呢?

他并不在《理查三世》这部电影里。在莎士比亚的这部戏剧中,或者在奥利弗出演的这部电影中,都没有像他这样的人物。然而在日记作者的连载漫画里,他却是最主要的配角:他令人厌恶,变脸无常,胆小如鼠,阿谀奉承,在连载漫画的每一页上,他都寸步不离地紧跟着扁脸人,打嗝,呕吐,做着令人讨厌的表情,见谁出卖谁。

(But Worful had the necessar[y] torture, after all ...)

但是沃夫尔必须受到折磨,毕竟……

  克莱伦斯唯一不假装圣洁虔诚而在放声大笑,就是在他欣赏沃夫尔的痛苦之时。
  答案在连载漫画的第一本里就出现了。在一切还没有开始创作之前,在第一页最上方,日记作者用年轻活力的手大笔一挥地写着。但是这一答案却很容易被忽略掉,因为在写完它之后,"我"就立即将这一解释画掉了,似乎在表明这一披露太过于痛苦。我用扫描仪和图像处理技术,费了好大的劲儿,才将这些删除线去掉:

(Wor is me.)

沃就是我。

8

我刚一拿定主意……

> 我的日记现在已经是一件艺术品了——尽管它非常私密，我却不怕人们来阅读它。
>
> {21岁}

我刚一拿定主意要写一部关于这位匿名日记作者的传记——一本作传者不知道书为谁而写的传记——我就注意到了一个奇怪的事实。每当我幻想她是一位名人，我就立即感到无聊，而且是毅然决然地感觉到无聊，犹如那些日记本一下子砸到了我的头上。

一部匿名者日记的精彩之处在于，它有可能属于任何人。甚至给"我"一个名字，都会毁掉让这些日记精彩纷呈的一个至关重要的东西——一种安静的普世感。如果我想了解我在街上路过的女性，或者在火车上坐在我旁边座位上的女性，她们都在想什么，我想这些日记本将给我答案。如果给那位日记作者一个名字，那么她就会变成另一个陌生人，一个不想接受我凝视的陌生人。试想，假如她最终竟然是某位名人，那么这些日记本（以及我的窥探行为）简直会变得恶心。

在这之后的四年中，这位日记作者能够让我一直阅读她的日记，而我一刻也没有觉出粗俗和不敬的言辞，这本身足以说明她的人格。在她这位导游给予我的这次心灵之旅中，她一直是诚实坦荡、诙谐滑稽、稀奇古怪……且受我尊敬的。

如果死后遇到这位非凡的普通女人,我会这样告诉她。

9

一切都说不准

> 我将怀念我。
>
> 蒂朵

一切都说不准——这是关于癌症的第一句陈词滥调。蒂朵做了首次化疗之后不到一年，她胰腺上和肝脏上的肿瘤再次开始生长。这些化疗药物罕有会起作用的。更多的情况下，这些药物反倒促使肿瘤快速增长，给后续的治疗带来更大的困难。

"该反反复复了，"蒂朵说，"你不会死的，是的，你会死的，不，你不会死的。哎，对不起，是的，你会死的。"

一天上午，当我去医院看望蒂朵时，伦敦来的那位平时很优秀的会诊医师给她拿错了止吐药物。蒂朵在医院厕所里干呕的声音听起来就像三个男人在激烈地争吵。

对科学的无知，本可避免的判断失误，令人震惊的马后炮认识，这些都与癌症密不可分。和肿瘤本身一样，这些人类的错误同样是这种疾病的一部分。我和蒂朵可不讨论这种感知。我只是想用这种方法来远离这种感觉，即她正在逐渐逝去，生命已经以我不能理解的方式让位于死亡。

为了避免想到死亡，我们两个人都增加了我们对各自手稿校对的工作量——我们两人都在写某种类型的侦探小说：她在写关于寻找托马斯·莫尔遗骸的传奇（她是这个世界上唯一知道莫尔遗骸埋葬地的人）；我在写寻觅"我"的经历。

在莫尔被关进监狱（碰巧也是扁脸人／克莱伦斯被关的同一座监狱）里的那章，蒂朵写道：在伦敦塔的厨房里，厨子正在堆起一堆燃烧缓慢的硬木和啪啪作响的火引子，来给他的大锅供火；莫尔的头颅在被挂到伦敦塔上之前，必须要慢慢熬成意面般半熟的黏稠物。

"什么样的意面？"我想知道，"是亨氏字母面那种，还是经得起咀嚼的那种？"

我从包里搜出一条弯曲蠕动的物体。

"不对，不对，这可不是老鼠咬的。"蒂朵说着，用两根手指将其捏住。这是一小片塑料，因为年久而呈苍白色，是我在利宾纳果汁箱底部一小堆东西里发现的。"老鼠第二喜欢咬的东西就是书脊，而这些书的书脊却完好无损。它们最喜欢咬的东西就是电线了。"

这片塑料的一角隐约显示出一部分浅绿的大写字母 G。

"但我说这是从购物袋上扯下来的一个碎片，你不否认吧？"

"不否认。"

"那么这就说明，我们这位日记作家所住的居室是朝阳的，而且她不可能是什么会计，或者警察。"

蒂朵不耐烦地上下轻轻弹着输液管，似乎那是什么衣服边儿。

"我认为，"我继续说，"利宾纳果汁箱里的书本之所以装得不齐整，是因为这位日记作家首先将书本放进了这个塑料袋里，然后再塞进箱子里。因此，如果这个塑料袋不是老鼠咬坏的，那就是阳光损坏的，这表明屋子里有一扇窗子朝南，而且箱子在这个位置上一放就是许多年，同时也表明，这个人平时的生活没有条理……"

蒂朵将那片塑料放回到我手里。她有自己的理论。"她来自于乡村，或者某个小镇。"

"这一点我们还不知道。她还没有谈起关于她家的任何事情。"

"这一点我们已经知道了，因为当她月经流血想打电话联系医院来输血时,却找不到那张电话号码纸。她为什么需要一张号码纸呢？为什么不直接拨打999呢？ 其原因就是,在二十世纪七十年代中期之前,999还没有在全国开通,而她的日记写在1960年。当时只有城市才能拨打999。"

在返回大鼾声小镇的火车上,我把1960年所写的其余日记都看了。这是12月初。日记作者"既疲惫又紧张"。她同时爱上了好几个男人。其中的一位对她说,她"非常性感";还有一位"孔武有力"(不过"不太喜欢男人肌肉太发达,因为这让我害怕"),然而他的名字却与其外形格格不入,叫"虚弱先生"。

一天晚上,"我"一个人去看吉尔伯特和沙利文的喜歌剧《艾奥兰茜》。仙子艾奥兰茜嫁给了一个人类,生的儿子自腰以上是仙子,双腿部分是人类。他爱上了菲丽丝,一位受法院监护的女孩儿,但是大法官也爱上了她:

> 若我爱上自己监管的人,
> 上议院里定有议论纷纷;
> 我必因此心神不安,因为我是个
> 太容易受影响的大法官!

1960年冬天,当这位日记作者在听这首歌时,她突然有了某种领悟:

> 台上服饰鲜艳的人物娓娓动听地歌唱,台下观众听得如醉如痴,我边观看边深深地领悟着人生,突然间,那个人物却显得不再真实,剧院也不再真实,观众也不再真实;当我观看着我们称之为生命的视觉物体时,我的脑海里闪过一条放之四海而皆准的真理,一个关于生命目的的非常简单而又明显的解释,是什么让

这生命如此转瞬即逝,以及是什么让生命中所有渺小的快乐与伤感都瞬间逝去……

我在火车座位上哽咽了一声,抬起头来,看着窗外的沼泽地在夏日的炎热中瘙痒难耐。这里的风景如一页纸那样平淡无奇。泥炭地里的树木和小径就是书法。伊利岛及岛上教堂的尖顶就是这位作家蘸墨水、变得愤怒、折断土里植物的地方。那条河流,就是她再次找到自己节奏的地方。

这是不是"我"的伟大项目,即生命的意义呢?她是不是想能够回答这样的问题:为什么亨利八世喜欢煮人的头颅?为什么假装圣洁、寻求自我扩张的托马斯·莫尔想让人煮他呢?为什么除了头骨之外,他所有的骸骨都丢失了?为什么这些日记被丢弃了?为什么这位日记作家被给予了这么多希望却又经历了如此多失败?为什么大脑受了伤的理查德要受到轮椅之难?为什么蒂朵要死去?这位日记作者在大法官滑稽可笑的歌唱中有没有发现什么线索,能够让其弄懂这种无情的破坏?她有没有用余下的四百五十万字来给予解释呢?

我整理好情绪,重新回到日记里去寻找她所目睹的这种"放之四海而皆准的真理"的"闪现"可能会有什么意义:

momentary metaphysical insight passed was gone. (but the 手写修改)

(but the momentary metaphysical insight passed & was gone.)

但是这个灵光一现的超自然洞悉却转瞬即逝。

10

祖先

> 必须告诉E我的家庭有多么显贵。
>
> {19岁}

任何一位传记作家想要弄懂148本笔记本的奥秘，都得再需要一本笔记本。

这五百万字的匿名手书，你如何开始做目录呢？在W.H.史密斯文具店的黏性标签处，我选择了便利贴。在电脑软件包里，我挑选了语音识别软件备忘录。将15000页全部读完也就花几年时间。在硬件部，我又改变了主意。复印机价格40英镑，这让我很高兴，我就抱起一台来到了收银台；我要在这些日记本的复本上做编辑工作，届时我就会有30000页了。我所想到的一切似乎都跳不出这两种结局：要么毁书，要么产生山一般的准备工作，还没等我正式开始写作，我就早已不在人世了。

最后，我买了一盒荧光笔。

回到家之后，我将所有信息分成五大类，每一类都由一种我新买的带有放射性荧光的颜色所代表。蓝色代表外貌描述：

> 妈妈说我的样子像一只病鸵鸟。

橙色代表生平信息：

　　我模糊地感知到，在我的前生，我可能去过罗马斗兽场。

粉色代表名字：尼兹；甜死我的笨蛋们；一个叫伍尔夫斯基、从不"咬牙"的艺术生成了她的恋人；名字只叫"E"的，是他的情敌；布茨；汉菲；妹妹努恩、沃伊尔和凯特，又称作"那个令人极其厌恶的孩子"……

绿色荧光笔代表极好的文笔和可以引用的段落：

　　去了图书馆和巴克斯，在剑桥的一个傍晚，到圣约翰桥上写生。即使已经身在剑桥，却依然思念着剑桥：树叶掩映的约翰桥，阳光和阴影均匀地洒满了又长又宽的桥面，犹如一场幻觉；头顶着绿色树叶，脚踩着金色路面。

　　我写日记很像是某种祈祷——我并不祈祷，但是却像那种气质——在纸上袒露心声，并从中获取力量，它净化我的心灵。犹如祈祷一样，它是种自我暗示。

　　如果我死去，我将留下无数篇这样的日记，充满了心碎的记忆。

黄色代表秘闻：

1959年3月：拉姆齐大主教上了她的床。
1960年3月：第二次持刀行凶。
1961年7月：将雇主最好的那块羊肉喂狗。

我想象我的这种多彩的方法就像从爱尔兰沼泽地里挖掘一具尸体，使用的工具却是荧光笔，而不是铁锹。我想象一百年之后，这些笔记本摆在大英博物馆里的情形：法医传记始于这里！作者用施德楼笔挖掘主人公！

后面，做了注释的日记本延伸进一片阴影区域，犹如荧光棒般发着光……

我从中抽出一本小开本备忘录，时间标的是1961年，用蓝色（表示外貌）和绿色（表示可引用的段落）即刻取得了进展：

说一下我的头发：它发质极佳，浓密无比，它若金若红若棕若黑，光彩熠熠——我青年时代自然慷慨的馈赠，不会永存。"注定要消亡的美丽。"

接着在一张白纸上，我开始了作画：

这样子看上去像伦敦东区一名拳击手戴着假发虎视眈眈的剪影。在那本日记的120页中，再也没有其他的外貌描述。四年来她一直都是一顶假发。

今天下午去了希利先生那里——从许多方面来说，我都很喜欢去看这位牙医！很喜欢和这位善良、富于同情心的男人聊天。治疗过程令人难受——在牙床后部的静脉多次注射，(但是)我就像一个孤注一掷的小女儿一样，非常渴望去爱并接受爱，所以，在这种社交接触中，我还是受了益。他坐着用双手给我治牙时，我喜欢他的身体贴近我身体的感觉；喜欢男人的胳膊和双手的美与温柔。感觉他喜欢我，他能感觉到一个秀发飘逸的女孩儿所散发的吸引力。

在下一本日记里，时间是1963年，她来到了伦敦坎伯韦尔艺术学院，给艺术家们做模特：

一个女生照着我画了一幅很好看的素描，比照相机记录的我还要真实。优雅清秀的脸庞，有趣的上扬的眉毛……

这幅素描并没有放在日记里，如果没有关于鼻子的进一步信息，就不可能画出脸庞的清秀优雅，因此我只增加了两条眉毛：

"……和一副轻型眼镜……"日记继续写着：

"……和我十分修长骨感的手臂，让我有一种棱角分明的感觉"：

这之后的日记里记载的是她在一间更衣室里，"怀着期待而心跳加快"，希望用我这双骨感的手臂搂住这位蚀刻画老师，他长着"一双漂亮的眼睛，一双天才的眼睛"（黄色荧光笔：秘闻）——至少她认

为他长得那样,因为"我近视眼太严重了,根本看不清楚他"。

在等待他向她扑过来时,她递给他一封情书。

但是情形却是,"J"并不知道她叫什么名字。

情形在迅速地恶化。当他收下信封时,他胡乱猜测道:

"是玛丽吗?"他轻声嘟囔道。

她名字不叫玛丽。

但是她并没有告诉我们她叫什么名字。

几天之后,我放弃了这种用荧光笔分类的做法。那样做,会将这些纸页弄得犹如市政管辖下的花坛一样。

在早期的这些日记本里,有一个名字尤其重要:怀特斯(Whiters)。尽管这个名字听起来有点儿像个男管家,但他却是一个充满了渴望的人物。"就是喜爱怀特斯。"他鞭策这位不叫玛丽的女人喜欢上了诗歌。她就像"血液里涌起来一股激情那样"热爱着怀特斯。和他在一起,浪漫情怀"充满了我的灵魂"。然而,他同样是一位模糊的人物。对他的身体特征没有任何描述。很显然,他很男人,然而这位不叫玛丽的女人却丝毫不提及他的身材。给我的感觉是,"怀特斯"使人联想到这是一个年龄接近五十岁的男人,胸部厚实,双腿修长,穿着干洗过的米色亚麻布西装。他有点儿像我的父亲。她提他时使用的是他的整个昵称"怀特斯",而非简单的"W"字母,这一事实也让我联想到他是一位父辈人物,超然高傲,但又让人很舒服,而且已婚。她自从孩提时就认识他了。

即便如此,这位不叫玛丽的女人只有和怀特斯在一起时,才感觉生命如此地鲜活和充实,一想到生活对她的青睐 —— 她的生活将被艺术、美丽和音乐所主宰 —— 她就激动万分。怀特斯体现的是才华横溢的反面。他不是艺术家。他不像她的一号男友"E"那样,可以用纤纤玉指弹钢琴。怀特斯的价值在于,他是那种让人放松的人物:他是"那么可爱,那么给人以安慰"。怀特斯"善解人意、闲适宁静";"对于我紧张易怒、焦躁不安的神经而言,怀特斯就是安慰"。在怀特斯面前,外部世界以及所有那些烦躁的事情都败下阵来,这位不叫玛丽的女人可以尽情地翱翔在艺术的天空。E(一号男友)非常有艺术感,但是他却难以相处。怀特斯则是"快乐的"。

在这个时期,不叫玛丽的女人似乎年龄刚过二十岁。她住在一居室里,也没有钱,不在想怀特斯或者E时,她从早饭到晚饭就想着其他的男人。

> 认为我最近变成了色情狂——男人令我兴奋!就想躺在男人的怀里(但是要穿着衣服,认为裸体那种做法十分令人厌恶)。

正当我将一本早期的日记放回利宾纳果汁箱里时,一张蓝色的信笺落在了我的羽绒被上。信笺不大,认真地沿中间对折,在它所隐藏的对开的两页纸上都留下了轻轻的凹印。上面没有字迹。两面都是空白。但这仍然是来自怀特斯的信息:在纸的左上角,分三行写着地址,是黑色老式、很有自我意识的起鼓字体:

> 怀特菲尔德
> 欣顿路
> 大谢尔福德

"怀特斯"是怀特菲尔德:不是情人,而是一座庄园。

"不!不是那儿,亲爱的!"
"拿个塑料袋,到那儿好当坐垫用,亲爱的!"
"那是……B……F……I。"

"那是英国电影学院❶。"

"那是某某的停车位,知道吗,差不多! 两张居民许可证,您是这么说的吗? 不行,这个不能给您……"

此刻我正在剑桥公共图书馆顶层停车证办理台前,询问本地区历史部该怎么走。

"上个星期,"在离我最近的柜台后面的一位女士小声说,"当工作人员走进去准备将他们清理出来时,那个人却拒绝停车! 您要找的那道门,亲爱的,就在那边,在左侧。"

与半英里之外的大学图书馆相比,剑桥公共图书馆更加繁忙,也更加有趣。它向所有人开放,能够满足除了隐私之外的任何需求。学生们拿着手机亲昵地细语咕哝。外国留学生们使用电子产品时发出乒乓之声。那边孩子们在电视游戏机上捉对厮杀,这边母亲们在重新整理自己的购物袋。只有一个地方是安静的:剑桥郡收藏馆。它远离喧嚣,在一道保险库门后面的一间明亮的屋子里。里面的桌子宽大光滑。展览橱柜里展有和剑桥大学没有任何关系的著名剑桥人的著述,有关于1956年洪水的剪报合集。还有三套金属架,上面摆有都快腐烂的小开本电话号码簿。除此之外,就没有多少书了,读者则更少。这里让你有一种来到了一位医生候诊室的感觉,而且还是在错误的日期到访的那种感觉。

"您需要什么?"从一台电脑的屏幕后面传出来一个尖尖的声音。当我走进屋子时,这个声音变成了一张女人的脸。电脑发出了轻柔的嗡嗡声。条形照明灯传来了悦耳的哼鸣。应该有扇窗子开着,夏天的空气得以由此进来。

我将那张蓝色的上面印有怀特菲尔德地址的信笺递过去。

"大谢尔福德,是的,嗯嗯…… 欣顿路。"那张女人的脸说。那张脸下面现出了修长的身段,款款地走过方块地毯,走到电话号码簿前,伸手越过高高的一摞书,从后面轻轻地敲了一下,将一本书推了出来。

---

❶ 即 British Film Institute。

"这个地址是谁的啊?"

"我还不知道。哦,我称呼她为不叫玛丽的女人,因为她的名字不叫玛丽。其实,我并不想知道她的名字。如果您发现了她的名字,麻烦您把名字盖住可以吗?"

这位图书馆员停止了敲打,认真地审视了一下我,而且正如我所料,她向右侧挪动了六本书。

"她什么时候在那里居住的?或许这个您也不想知道?"

"我不知道她是否在那里住过。也许她只是从那里偷来了信纸。这张信纸上没有写一个字,这足以说明问题。这是某种战利品。作者并未给出她的名字或者家庭住址。她仅仅是活生生的'我'……可能是任何人的'我'。"我有些装腔作势地补充道。

图书馆员向我走来,围着我转了半圈儿,因为我是她与事实之间唯一真实的障碍。她伸手取下了第三本书,快速翻阅起来,还对着其中的一页特意点了点头,而后快步走开。

"我发现夹着这张纸条的那本日记所记载的时间是1962年。"我在她身后叫道。

剑桥郡收藏馆的阅览室并不是存放研究材料的地方。存放档案的正规之处位于图书馆员办公桌后,得经过文献厅的一道双开式弹簧门。

二十分钟之后,图书馆员拿着一个厚厚的文件夹返回。她任文件夹顺着她的小臂滑下,又砰的一声掉到我面前的桌子上,接着将另一只手里拿着的一本薄薄的小册子递给我。

"你需要先看一下这个,好解你的谜。它从四亿年之前开始讲起。"

册子的名字是《大谢尔福德欣顿路怀特菲尔德:一份考古评估》。

四亿年前,不列颠被一层浅海所覆盖着。峰区当时还是一片群岛。

斯诺多尼亚国家公园当时的气候与今天夏威夷一样。这片水域到处都是小轿车般大小的菊石化石。后来，冰岛的火山运动将苏格兰推出水面；非洲撞击地中海，不列颠随即脱水而出，高低起伏。怀特菲尔德❶之所以得此名，是因为它坐落在一条由陈年贝壳所构成的起伏之地上。庄园的后面是一座废弃的采石场，当年，这里开采的硬化黏土——一种劣质石灰岩——被附近的谢尔福德用于修建野外考察工作者的小屋。

怀特菲尔德庄园是剑桥最昂贵的房产之一。

它太豪华高档，外人会不得其门而入。那厚厚的剑桥郡收藏馆文件夹里有一本1974年的房地产销售手册，里面详细地介绍道，该庄园拥有一个室内游泳池、一间温室、一间"游戏室"、一个入口门厅、一段气派却又笨重的楼梯、一座藏书室、八间卧室，整体装修色调是薄荷绿色和银色。通往庄园的车道有四分之一英里的路段穿过了一条欧椴林荫大道。庄园坐落在一片24英亩的林地中间的一座小山顶上，就在剑桥的正南方。若不是周围树木的掩映，在此处一定可以观赏到绝美的景致。乘火车离开谢尔福德车站开始驶往剑桥的最后一段路程时，如果你从车窗向外看，可以短暂地看见那个优美的地方在你身后逐渐消失：在右侧车窗一半高的地方，你可以看到错落有致的橡树树冠，以及高出重重橡树叶的、如"小黄瓜塔"❷般的雪茄状园景树。庄园已被遮掩得严严实实。怀特菲尔德庄园根本没有出现在现代电话号码簿上；它太孤傲于世，不光你看不见它，你也听不见它。茂盛的树叶厚实地覆盖在山顶上，显得有几分忧郁。首相退休之后来住这里应该是蛮不错的。

山林左侧的田野优雅地波澜起伏——又一片矮林，有两座房子掩映在林中——沿着铁路线继续前行，一直到阿登布鲁克医院的焚化塔炉。

❶ 即Whitefield，意为"白色原野"。
❷ 即Gherkins Towers，为瑞士再保险公司伦敦总部大楼。

那之后，火车再次砰的一声，就到了剑桥。

"你在这里真的发现了一个大大的谜团，"档案保管员说，"你要找的那位女士可能在死后被扔进了一个废料箱里，但是如果说这个地方和她有关，她肯定不是以那种方式开启人生的。"

从图书馆回来之后，我往怀特菲尔德庄园邮寄了一张明信片。没有回音。两个星期之后，我从伦敦驱车返回，感觉有些气恼，就决定不宣而至。我从高速公路上下来，沿着从林顿到剑桥的老伦敦路前行。林顿是一座小镇，1966年我父母来到英格兰时，在这里租了第一套房子。我此时的心境就是要怀怀旧。

从这个方向进城让我感到惊讶，因为我发现剑桥竟然是一座树木之城。能够认出来的建筑——大学图书馆楼、国王学院与耶稣学院的教堂尖塔、城北隆起的盎格鲁-撒克逊城堡——像岛屿一样矗立在树冠之上。

在远处，我只能勉强看到我的学院圣埃德蒙学院的塔楼。在那里，我显然只是一个二流的数学专业硕士研究生。正是在那里，我结识了蒂朵，就是在那附近，她和理查德发现了日记。

怀特菲尔德庄园所坐落的山脊位于剑桥以南。在离城还有四分之一英里路程的地方，从欣顿路上有一条左转的路。这条路缓缓地爬高，从一排平房中间斜穿过去。那排平房看上去有些鬼鬼祟祟，似乎在偷偷地走进林中准备喝个酩酊大醉。我在一座农场的大门口停下了车。我离怀特菲尔德庄园只有几百码远了。

它却依然不露真面目。

这位日记作者一生所魂牵梦绕的就是这些树木，以及树木所带给她的幸福回忆。此刻我明白了，隐藏在这座树林里的不仅仅是她偷偷拿东西出来的地方，还是她的家。在这块枝叶掩映和封闭的地方，尤克大叔"用留声机播放鸟鸣",宽广的草坪上,散落着"无数五彩缤纷的雨露珍珠",漂亮的多尔姨妈带着除草剂和修枝剪在"节礼日夜晚"走向大丽花花坛。欢乐何其多啊!

从我站着的地方看,根本看不到庄园的任何踪影。一点儿指示都没有。我身旁地里的玉米在阳光下哔剥作响。

一位迷了路的商人开着奥迪疾驰而过,又因为发现了一条通往科学园的捷径而笑得很是得意。

我花了半个小时的时间才找到怀特菲尔德。我驱车缓慢地行驶在林中,途经各种股票经纪人住宅风格的新式建筑,它们隐没在山毛榉林中。我看不到庄园的入口。我才刚开始以为,如果说该庄园需要如此大片的森林,那么这里的房子一定是非常宏大了,这时树林就戛然而止到了尽头,山坡再往下就是大谢尔福德了。我折返回来,将车子再次停在农场大门口,沿地界的东侧边缘前行。这里的树木茂密得犹如发刷上立起的刷毛。如果你在剑桥居住,你或许会在某一天有三分

之一的机会，从这一侧好好看上一眼那个不叫玛丽的女人从前所住的家园：这片景色从阿登布鲁克医院住院部的肿瘤病房处一览无余。

但是尽管如此，我仍然看不到入口。

只是当我第三次试着走这条路的时候，才发现了我的疏忽：两堵裂了大缝的墙弯弯曲曲地穿过常春藤和灌木丛，汇聚到两扇没有对准的铁门处。旁边一棵树的树干上钉着一张圣约翰学院的通告："私家领地，危险，勿入"。

铁门那侧，曾经是不叫玛丽的女人开往"梦幻山庄"怀特菲尔德的车道，如今已成为杂草丛中的一条柏油碎石路。

11

进来很容易……

> 讽刺之处在于——我应该生长在那样的环境中。
>
> {*61岁*}

进来很容易。庄园大门两侧的铁丝网防护栏只有几米长,剩下的就全是黑莓灌木了。我弯着身子,撅着屁股,倒退着钻过了灌木丛。

林中的氛围截然不同:树木稀薄了一些,地面也有些凹凸不平。阳光振动着翅膀飞舞在林中的地上,犹在嬉戏;野草也在欢庆,因为它们霸占了不叫玛丽的女人家的正门车道。

喜爱空中树叶的轻盈,喜爱任何用空气轻轻塑造而成、周围又充满了空气的东西,比如树上的细枝,或者悄悄现在梗上的花朵。

从宽叶羊角芹的缝隙间可见残存的道路,接着,在离我站立之处很近的地方,这条路分出了两条岔路。左手边的那条岔路被一道土坡挡住了,但右手边的岔路旁却是一片赫然出现的田地,似乎这片树林从一家农场偷来了一块上好的农田,然后将其隐藏于此,等待对方支付赎金。这条岔路再往前走,就被一簇紫色醉鱼草所阻挡,它的众多侧枝从柏油碎石路上的一个洞口爬出来。醉鱼草的另一端是硬化黏土采石场的遗迹。原来大坑边上用来保护参观者的护栏也被荨麻植物给攀倒了。里面更是杂草丛生，岩石上蹦出灌木；裂缝中爆出蠕动弯曲的根茎，扇状地喷射出接骨木花朵。高大的山毛榉树遮天蔽日。我攀爬到采石场的底部，打扰了一只鸟的清静，使它愤然离去，盘旋着飞入林中。此处的卷须植物浓密，将空气牢牢地凝住了。"林间仙境，"不叫玛丽的女人对这里赞不绝口，"阳光从树叶中洒进来使这里超凡入圣……遥远、神秘、不真实。"

采石场有一条土路可以返回主树林，树林很快让位于一大片生长繁茂的草地，也许曾经是草坪。我往草地旁边的一座山丘爬去。

头顶上，一架小型飞机飞越了树冠的缝隙，从我站着的地方向外看，我感觉这位飞行员好像在寻找什么战后的幸存人群。不叫玛丽的女人曾经提过这些飞机给她带来了欢乐。这些飞机的出现更加说明，怀特菲尔德是远离"喧嚣"世界的世外桃源，是远离"现实"的一片飞林，一个"梦幻"之洞，一处"人间天堂"，是"我感觉神圣和升华"的唯一一个地方。

但是庄园的位置还是个问题。我仍然没有看见它。两层楼高，三角形屋顶，八间卧室，一间挑高十四英尺的舞厅，一间藏书室，一座柑橘温室，屋顶上还有相称数量的烟囱。要想看不到也不容易。我困惑不已，就从我这有利地点爬下来，小心躲避着脚下各种奇怪的坑洞，我突然就明白了。我知道怀特菲尔德庄园在什么地方了。我此刻正站在这座庄园上。我所站着的小山丘就是一堆破损的砖瓦。

怀特菲尔德庄园的钢琴室：我演奏自己的曲调时，完全是怀着一种放纵和欣喜的心态，彻底陶醉在自己敏锐的乐感之中。我的灵魂已得以净化，整个晚上，都十分开心。

面对柑橘温室的草坪：梦到 E 和我徜徉在玫瑰花丛中，那么多带刺的绿色叶子，玫瑰花五颜六色，黄色、红色，等等。但是与此同时，玫瑰灌木也成了我的穿戴——我的头发、我的衬衣，都是玫瑰灌木。E 在责备我，说我应该把枝叶剪短……接下来又梦到我躺在草坪上，尖声喊叫着抗议，我的头枕在一把大剪刀上，双手紧握剪刀把，但是我的抗议却并非那么认真。其实我非常喜欢这样。E 恼火地将我身上的玫瑰剪断，将我的衬衣剪短。

女佣的厕所？：魔力深奥、莫名其妙的时代……在那如同监狱一般的女佣简陋厕所里，梦幻的庇护所，外面松涛声悠悠，刷白的墙壁上光影交替。一个绝妙的梦幻之地……有些希望那就是我的监狱。

起居室：非常晴好的天气，心情愉快，身体健康，很喜欢那些笑话。午餐很棒。午餐后听着无线广播里的音乐，感觉到一种真实的、深沉的、有创造性的心境。

12

两次侥幸脱险

> 在门口迅速地吻了 E，一
> 个印象深刻的吻。
>
> [19 岁]

"我和您说过的那位日记作者？"第二次走进剑桥郡收藏馆时我轻声地问她。电脑后面还是那位效率很高的女性，就是她两个星期之前将那份厚厚的怀特菲尔德文件夹拿给我的。"我发现了新的东西，一个惊人的巧合：她原来也在这里工作过！是的，那个不叫玛丽的女人，那个我不想知道地址的女人，她曾经在这里做了六个月的临时图书馆员，就在剑桥公共图书馆这里！"

如同上次一样，这位图书馆员友好的面孔从视频显示器上方探出来。她的面孔一时间感觉一筹莫展。我觉得她的样子显得有些焦虑不安。缺少读者，这种现象在那天也许尤其令人疲惫。接着，她又从我的视野中消失，然后再次出现在电脑屏幕的右侧，十分好奇地向前探过身来。

我原来希望能够以正确的时间顺序来撰写这部传记：首先要写这个不叫玛丽的女人的祖先（从四亿年前的菊石化石开始），接着写她的出生，写她受的教育，她的成年时期，其中包括对所有那些按情感重要程度而排序的重大问题的答案——她那"不朽的"项目是什么？在她后来几本日记中将其描述为"看守"的彼得是谁？这些日记为什么要被扔掉？——写完所有这些仍然不知道她叫什么名字，如同在一部哥特式神秘小说里一样，她的名字将第一次也是最后一次，出现在最后一页上，连同一张她墓碑的照片。世界上第一部主人公没有名字的传记，将按照爱因斯坦传记的路数写下去。

但是可恶的"信息"在不停地蹦出来——关于如何发现作者的身份，又出现了新线索，这些线索有可能将我的一切努力毁于一旦，但是我又不能忽视它们。

这是我自己的过失。我本该像一个真正学者那样，把自己一连五年关在书房里。我非但没有这样，而是一发现一个什么新的线索，就立刻钻进山顶上的灌木丛里。现在我又来到了这里，将这一项目置于解决疑窦的危险之下。"明白了吗？"我说着，打开了一本黑色的人造革封面笔记本。

> 又是在图书馆工作的一天。这个世界难道真是需要每天都工作吗？硬性的工作指标，没完没了的"拖期工作"。感觉好爱<u>甜甜的小爱人</u> E……

"这就是她所讲的那个图书馆。1958年她在这里谋得了一份工作。这里还有一条信息，当时她也在给小镇分图书馆工作"：

> 一间寒冷的大厅（尽管很现代。这里的藏书比特兰平顿要少，这里的人也太平庸、太没有脑子了）……

"但是她也说了很多美好的事情。"我迅速补充道：

> 1月22日：今天真是无与伦比的快乐；一个充满魔幻的绝妙的日子……我的图书馆工作日简直是一大乐事。享受摆书，觉得

在图书馆里面摆书让我有一种图书馆员的职业感，觉得这太适合我的性格了，这是一种有文化、严肃、敏锐和有知识的感觉。将那些书和那些大号的托盘轻轻地从台上划过，真的令人惬意无比。

"她太喜爱这份工作了，她打算去参加图书馆员考试"：

1月26日：觉得我就是为图书馆员这份工作而生，为这种职业感到自豪。今天受到了赞扬——一位读者告诉我，约翰尼（图书馆馆长）说，我是"很有智慧的图书馆员之一"。必须锲而不舍地保持这种工作热情，在事业上有所成就——还有什么能比成功更让人幸福的呢？

"然而三天之后，您这里却解雇了她。看，在这儿"：

1月29日，星期四：丢了工作——因此，如同一座用纸牌搭砌起来的房子，我所有的一切都轰然坍塌——我可爱的工作，剑桥市立图书馆员的职业，我的独立，所有这一切都完了。感觉现在真的害怕人生……

"五十年前，她很可能就是做您这份工作。关于她在这里的全部情况，你们肯定了如指掌。就在这座楼里的某个地方，就在您那间文献厅里。她的名字一直就在你们的档案里。"

在那一刻，我感觉十分紧张。那位图书馆员只需要查一遍所有从前员工的名录来找出"我"的名字，那我的追踪任务就会宣告结束。我怀着一种又渴望又伤感的情绪意识到，我是绝对不会失败的。

图书馆员摇了摇头，重新盯着电脑屏幕。"对不起，这个忙我帮不了。因为要保护数据，所以我们不能留存那种信息。就在上个星期，我还刚刚处理掉十五个文件夹的老员工档案呢。很讽刺,是吧? 你看,我们是本地区的历史部门,可是我们却偏偏在烧掉我们自己的史料。"

我心满意足地叹了口气,离开图书馆,绕着集市广场走了三圈,因为以下这一事实打起了精神:当你写传记作品时,你不能相信任何的确定无疑。正当你准备抓住某个能够给予你满意答案的线索时,噗! 它就会消失得无影无踪。

神秘人物 E 第一次出现在不叫玛丽的女人的日记里,是在对图书馆工作一天的描述中。当时,图书馆并非像现在这样坐落在购物中心里面,而是位于集市广场附近的一座楼里,该楼现在是一家杰米·奥利弗餐厅。在不叫玛丽的女人的时代,现在的意大利熏火腿柜台是小说区;现在放意大利饺子机的地方当时是园艺书籍区。在 E 第一次出现在日记中的那天,不叫玛丽的女人正值十九岁,她当时在往书上盖章,她所站的位置就是今天饭店里放着一大筐西红柿的地方,西红柿是准备做圆筒意面用的。

她感觉到"一种莫名其妙的兴奋,激情上涌",因为刚刚在佩吉·阿什克罗夫特的画册里,发现了一张"十分帅气的约翰·吉尔古德的相片——卷发,侧脸"——她从盖章工作台上抬起头来,那个叫字母 E 的人就站在她面前,在一排人的最前面。

> 我做出了突然看到 E 时通常要做的那种"兴奋一跳",然后就坐在了椅子上。

"你这个女孩儿真是有趣。"当不叫玛丽的女人从突然见到 E 的惊喜中恢复过来时,E 说道。那之后他并没有离开图书馆,而是在不叫玛丽的女人的视野之外闲逛,让她的心脏怦怦直跳。不叫玛丽的女人描述他是一个"小个子",犹太人,眼睛时而"炽热、幽蓝",时而"灵动"棕黄,"手掌宽大厚实",但是生气时,却称之为"骨节突出"。他讲话有外国口音,可能是德国或者是奥地利口音。尽管从1958年第二本日记,到1980年代早期的几本日记,他从来没有从字母"E"后走上前来介绍自己的名字,但是在这段时间内的所有日记中,不叫玛丽的女人提到"E"的名字的次数从来没有少于350次的。在早期的日记里,她以一种近乎被催眠了的忠诚,引用他所说过的话:

> E说我特别特别漂亮。
> E说佛罗伦萨[那座城市]臭气熏天。
> E说对于女人而言,月经是一个很大的障碍和负担,是一件可怕的事情,而且根本没有必要。
> E说男人也有自己的麻烦,比如得剃须。

E认为艺术天赋是人类最伟大的成就,《贝多芬第四钢琴协奏曲》就是高山之巅,而且,(如果你请求他说)他会和蔼地承认,他本人发表了一些诗歌作品。在1950年代和1960年代,不叫玛丽的女人一共记录了六七十页他的声明,每条声明都是以"E说……"开始的。

有时候他深深吸了一口气,竟然一下子吐出来五页"E说如何如何":

> E说我必须工作、工作、工作。
> E说哭泣没有用处。
> E说如果必要,我应该整夜都不睡觉,来完成我的工作。
> E说正好相反,这并非那么令人郁闷。

在图书馆工作的那天,E出现在不叫玛丽的女人面前两次。第二次他回来时手里拿着一本书。他会选择什么书呢? 里尔克的《杜伊诺哀歌》?《巴赫与对位法的意义》?《意大利艺术的研究与批判》第二卷?

都不是。当他排队来到队首时,他冲不叫玛丽的女人"顽皮地一笑"。他选择的书是《色彩中的英格兰小镇》。

E 和任何人一样,知道如何享受阅读。

这位不叫玛丽的女人被辞退之后,就不得不填写许多求职表格以期再找到一份工作。求职表格中包含一个关于她所受教育的问题:

> 我填写了我曾在剑桥的皮尔斯女子学校读过书。我真的不该填写这类东西,这对皮尔斯学校的名声不好。

我讨厌这么做,但我还是给他们打了电话。也许他们能够告诉我,这位不叫玛丽的女人是谁。

皮尔斯女子学校(现更名为史蒂芬·皮尔斯基金会)是英格兰最好的中学之一,隐藏于剑桥市一处高雅幽静之地,毗邻大学植物园。挤在其周围的是座座蛋白杏仁饼干似的高档住宅,最小的一座也得五十万英镑才能买下来;不叫玛丽的女人却将这一地区称为"贫民窟"。

学校有很大一部分被挤在这些房屋的后面,但是通往学校的路径却被伪装成服务人员专用通道的样子。穿过这道低调的侧门,你可以看到一个很大的世界。大厅里面的海报上洋溢着年轻女孩儿踢足球的青春气息;戴着护目镜的女学生陷在了化学曲颈瓶的包围中;古铜色皮肤、皱着眉头的年轻女孩儿正帮着非洲学生进行水源项目。数条贴满海报的走廊将你迅速带到学校的各处。

"除了她不叫玛丽之外,难道您没有别的什么线索了吗?"一个名字叫凯瑟琳的女子好奇地问。她刚刚从这里的一条走廊里出来接待我。她是这所学校的图书馆员和档案保管员。

"噢，有的，"我说，"我还有很多线索。我知道她从1957年到1959年之间在这里学习过，我还知道她不叫玛丽这个名字，因为她没有色诱卢顿艺术学院的一名男子。"

我和这位图书馆员在室外逗留了一会儿，旁边似乎是一座小型公园。"阿曼达！"当我们经过一队手里拿着运动鞋的女孩儿时，凯瑟琳喊道，"玛丽·比尔德的《帕特农神庙》还回来了。我为你准备好了。"

我们快速走下一段坡道，途经一个很大的食堂大厅。"但是在你把《西蒙·德·波伏娃》还回来之前，"凯瑟琳突然想了起来，大声喊道，"你还不能借这本书。"

"档案室恐怕有点儿乱……"她说。这时，我们来到一间昏暗的屋子，里面装满了各种奇形怪状的橱柜和陈列柜。她弯着腰走了进去，开始吹掉昔日报告上面的灰尘，挪开建筑师为新教室设计的建筑模型，来到一张镶有边框的宣传《俄瑞斯忒亚》演出海报后面，做了一个鬼脸。只用了几分钟，她就在这档案室里转了一大半。

我和这位热情、善良的女性几乎花了一个小时的时间，在这杂乱无章的档案室里翻找。但是什么也没有找到。以往任何年级的学生名单里都没有来自怀特菲尔德的学生。校友名录里面也没有任何记载表明，有那么一位皮尔斯学校的老校友离开学校选择了绘画生涯，决心掌握一门"不朽的"科目，以待有一天全世界都会为她的遗产而惊叹；任何募捐组织的记录里也没有关于一个叫作彼得的被她描述为"看守"的男子。

这时，突然间，凯瑟琳发出了一声欣喜的叫声。"你看，这个会不会是你要找的女人的照片？"

毫无疑问，是的。

但是这张照片里还有另外72位没有名字的人。那是1957年的班级合照。

13

出生

> 我越来越强烈地认为，我是天才艺术家，是任何我选择的创作领域里的艺术家……
>
> 〔21岁〕

"嚯嚯嚯！看到这种笔迹我脑袋里的第一个想法？我想：无名氏，不管你是谁，我都不想和你同处一室。"

职业笔相学家协会主席芭芭拉·韦弗将我递给她的日记放在餐厅桌子上，淡褐色眼睛从薄镜片后往前逼近，仔细研究起了日记。她穿着一件褐色上衣，很像土耳其长袍式连衣裙。她从椅子上下来，一阵风地走出屋子，接着又一阵风地回来，手里拿着一块大如案板的放大镜。

"是的，那是我会想的第一件事情，"她坐在椅子上，满意地扭动了下臀部，重新开始阅读，"能写出这种笔迹的人就是个十足的疯子。"

芭芭拉也是剑桥笔相学学院的院长（"尽管说是'学院'，其实只有我一个人"），其办公地点是在剑桥以北一个叫作兰德比奇的小镇里一套改装的谷仓里。此时我们正坐在她的星期日餐厅里。红木餐桌闪闪发亮。淡蓝色的地毯对我怒目而视，生怕我喝咖啡时溅出一滴。离芭芭拉这座小镇最近的小镇就是沃特比奇，就是我写的第一部书《倒带人生》的主人公斯图尔特·肖特所生活过的地方。许多人也不愿意和他同处一室。

芭芭拉从她扔在桌旁的一堆铅笔和量角器里找出来一把塑料尺，将大如案板的放大镜举在胸前，其角度如同晒日光浴的女影星们放置镜子一样。她兴奋地俯身于纸页之上。"唔唔唔！看这中间区域……"

所谓日记，其实谎话连篇。日记断章取义地记载戏剧人生，鼓励妄想，重排事实，刻意抱有成见，自认正当，用毫无关联的事情蒙蔽你的眼睛，删改不同意见，将小抱怨夸大成悲情万分，尤其沉溺于这样的事实之中：任何傻瓜都会写忧郁消沉，但是描述幸福则需要意志和技巧。大多数日记都是写作时无病呻吟，即使日记作者当时非常幸福。

我在网上遇到的芭芭拉。她有一个老式网站，像教区的杂志，上面有分栏和带方块的插入内容，言语中透着一种强忍住的说东道西的劲儿。"用比罗圆珠笔做心理分析。"她的主页自诩道。"我妹妹和我对您调查结果的准确性真的十分惊讶。""同卵双胞胎"M 和 L（"未露真名以保护隐私"）写道，"我们的丈夫看了调查结果，也这样认为。一些调查结果引发了热烈的讨论，相当发人深省。"

有这样一组笔迹样本，每个单词最后一个字母的最后一笔往上一扬，犹如一个女孩儿在小镇酒吧里将裙子往上一甩，芭芭拉严厉地写道，"渴望关注"。不叫玛丽的女人的词语结束时并非这样。她写的字似乎在紧紧地贴着下水道前行。正如后面日记所显示的那样，不叫玛丽的女人有一种隐身的欲望。

在另一组特别笔迹样本中，芭芭拉用荧光笔标注了作者写的字母"d"和"t"。"t"字母的上下比画很像一个帐篷的形状。

> Next weekend could be a bit hectic. I tried to write to Dan but he was spending the day

"很倔强。"芭芭拉下了定论。

不叫玛丽的女人的字母"d"与众不同，很像希腊字母 δ。这些"d"写得如同给后颈来了一巴掌。

如果你点击芭芭拉网站的"服务项目"，你会发现一位偷偷将女儿笔迹送来的母亲所写的一段手写体书信片段。芭芭拉并没有笔下留情。关于那位女儿的笔迹她什么也没有说；她挑出了那位母亲书信里"纠缠在一起的书写体"。"兴趣混乱。"她又下了结论。在另一个例子里，字母"a"和"o"揭示了书写人的欺骗性。这两个元音字母的最后一笔并没有像往常那样在上面结束，而是在里面画圈，犹如这位狡诈的书写者偷了一段电话线，正在贪婪地将其从窗子绕进厨房。而不叫玛丽的女人的字母根本不是那样。

我让芭芭拉看了三本日记：一本是1960年代的，当时不叫玛丽的女孩儿大笔一挥，每行就写几个单词：

> Try not to talk too much about myself to him; though so interesting to me, it could bore others, even him.

一本是1979年的，那时的笔迹开始看上去很像一排虫子：

> Went on foot to town this afternoon – A number of people about. Somehow, I felt afraid of every group of ruffians or layabouts I saw, wondering if they were strikers, or people laid off. One day they will knock me down, and run off with the groceries or goods I have bought. It only needs the police to strike next

还有2001年的一本颜色非常鲜艳的日记。让芭芭拉感到震惊的正是这最后一本日记。从不叫玛丽的女人脑子里形成词汇，到这些词汇落在她的笔下，在介于这两者之间的某个地方，她的思想变成了蠕虫，无数条细小蠕动的虫子。当我俯在芭芭拉身后，再次审视这些笔迹时，我吸取了她的某些分析精神。我震惊地想到，这就是某人准备将自己扔进废料箱里的笔迹。

(Of course, all my own plans in my youth were just a pie in the sky, as I have a quite different "God")

当然了，我年轻时代的所有计划都只是天上的馅饼，因为我的"上帝"完全不一样。

"让她的字体变得如此之小的并不是她的视力,"芭芭拉说着,在笔记本上做了记录,"她的视力并非很差,否则她也写不了这么多东西,那是很累的。患阿尔茨海默症的人通常书写的字迹也很小,但是这个人却什么都记得,所以说也不是这个原因……"芭芭拉凝视着半空中,似乎不叫玛丽的女人的轮廓正开始在那里形成,接着她又快速地在笔记本上加了一个词,随后又低下头看放大镜。

笔相学家们认为,中枢神经系统直接与情感相连,因此,大脑里任何微小的波动都会引起笔迹上相应的变化,而笔迹与性格有着确切的关系。简而言之,所谓的释义就是,如果你能够确定一个普通常规的笔迹,那么通过查看笔迹如何从平淡的中间地带偏离出来,你就可以确定此人性格中反常的特点。

为了便于简化分析,笔相学家将人的笔迹分为上、中、下三个区域。"上区"是垂直的高字母所占据的高空间:这个区域代表知识和精神事物——日常的东西升华到理想和梦幻的境界。比尔·盖茨的字体上区部分很大:

(may you make billions someday)
祝你将来赚个几十亿

布兰妮·斯皮尔斯的笔迹上区部分很小:

> *I want to apologize for the past incedent with the umbrella.*

(I want to apologize for the past incedent [incident] with the umbrella.)

我想就过去的雨伞事件道歉。

不叫玛丽的女人上区部分很大。

"下区"的空间位于单词下方,字母"g"和"p"的悬摆部分在此处游荡。这个区域揭示写作者的本能、活动和动机;据芭芭拉所讲,这个区域表明"一个人对金钱、财物和自己身体魅力的感觉"。由芭芭拉网站的一个链接点开,进入一个窗口,上面显示的是斯图尔特·布莱克伯恩的一封信的扫描件。"一个杀人犯的笔迹",标题这样写道。这个案件令人毛骨悚然。布莱克伯恩杀他女友的手段极其残忍:他将女友点燃,然后锁在了一个屋子里。这个取样来自他被定罪后,他写给那个女人父母的一封信。他写的字母"y"的下区特征非常明显:

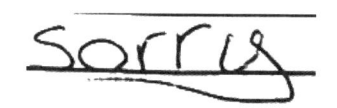

> *sorry*

"向左侧远远地那么一画。"芭芭拉说,表明他和他母亲或者"母亲式的人物"有着"不解之怨"。不叫玛丽的女人所写的字母"y"和"g"风格与之类似(尤其在那几本色彩鲜艳的日记里):

> *I went on with the book on "Dennis Neilson", as I couldn't sleep*
> *It seems he was very good at English literature, and was a good writer, I might think he could have been a novelist, if he hadn't turned to murdering.*

(I went on with the book on "Dennis Neilson", as I couldn't sleep

It seems he was very good at English literature, and was a good writer, I might think he could have been a novelist, if he hadn't turned to murdering.)

因为我不能入睡，我就继续阅读那本关于"丹尼斯·内尔森"的书。他似乎对英国文学造诣很高，写的东西也很好读；我会以为，假如他没有变成杀人犯，他倒有可能成为小说家。

字体的"中区"就是介于字母"d"的上部和字母"y"的下部这两者之间所有的东西：这是文本的主体。普通人书写时各个区域大约占3毫米。或多或少，或者比例不尽相同。此时芭芭拉的眼镜在她的鼻子上颤抖起来。就一个最普通的人而言，你会期待他从字母"t"的上部到字母"p"的底部一共需占用9毫米。

对于写了第三本日记的作者来说，这个距离是2毫米。

"但是分析并非仅限于字母的形状；这不可能那么简单。"芭芭拉强调道。她将日记本举过头顶，借着光线仔细看某些引起她兴趣的印痕，翻过这一页看其反面，随后开始用警方办案人员惯用的那种简洁清楚的方式说："书写没有在纸张的背面留下明显的印痕……下笔不重……经验对写作者不起作用，没留下什么印迹……不从过去的错误中吸取教训……"

芭芭拉突然停住，抬起头来露出惊讶的微笑。

"字体你得整体来看。只有当你把所有的东西都钻研透了，包括研究这一页上句子与句子之间连缀的方式，你才能做出正确的评估。就在今天上午，我看到了一位专家的观点。他宣称，如果你的字母'g'写成这个样子……

"……那么你就是个女同性恋。据他认为，下面像套马索的那个小蝴蝶结应该是一个愧疚迹象，因为你正在回归。但是我也看见过许多用这个方式写字母'g'的男同性恋；每个人身上都有男性元素和女性元素……啊！ 喔！ 别把那个杯子放那儿！"她将一个杯垫从光滑的桌面上滑过来，正好停在我的杯子下面。"我丈夫刚做完这张桌子，就犯了那个过错。刚喝了一口，他就得站起身来，用刨子把那层刨掉，再重新刷漆。"

笔相学家们不过是凭借猜测和表现力，就兜售起不可思议的事实。他们就是一群叫卖的商贩。我在遇到芭芭拉之前就是这么想的。他们首先向自己叫卖兜售，现在他们则倾尽全力向你叫卖兜售。"他们让我想起了一个人，"当我驱车前往兰德比奇和芭芭拉会面时，我自言自语，"对啦！ 就是那些人！ 他们和传记作家一模一样！ 他们让我想起了我自己！"他们和传记作家使用同样的语言；他们以同样模糊的自命不凡来工作，认为自己在追求"真理"，换句话说，他们喜欢听到自己的固执己见；他们被同样喜欢八卦的好奇心所驱使。如果将两位笔相学家（或者两位传记作家）同时放在一间屋子里，那么就连对方该叫什么名字，双方都很难持有相同的观点。

我喜欢我所结识的笔相学家们。几个月前，我去找了曾经就简·奥斯丁的笔迹发表过一篇文章的帕特里夏·菲尔德。和芭芭拉一样，帕特里夏也对字母"d"很感兴趣。她指出了不叫玛丽的女人写的字母"d"很像希腊字母δ所具有的重要性。将这个字母写成这样，这是一个很著名的创造性标志。

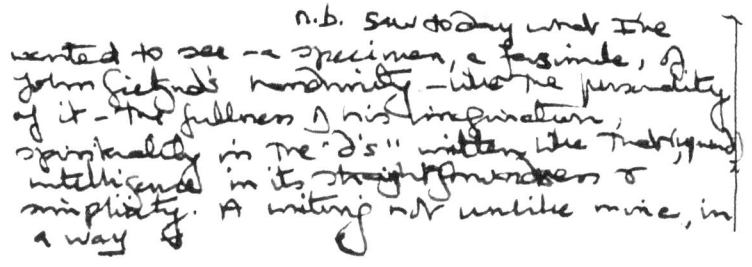

> (n.b. saw today what I've wanted to see — a specimen, a facsimile, of John Gielgud's handwriting — like the personality of it — the fullness of his imagination, spirituality in the "d's" written like that, [upwind], intelligence in its straightforwardness & simplicity. A writing not unlike mine, in a way)

> 请注意：今天，看见了我一直想看见的东西——约翰·吉尔古德笔迹的复制样本——字如其性格——他伟大的想象力，那种（逆风似的）写法的字母"d"所展示的灵性，其坦率与简洁所体现的智力。从某方面说，这种笔迹与我的笔迹并无不同。

我很满足地表示同意："是的，那个字母我也这么写。"

"这种写法也可以表明，写作者极其强烈地渴望受到注意，也许是一种自卑情结，为了得到注意，什么都愿意做。"

帕特里夏说，当她将日记作者的字母"d"与整个文本做了比较之后，发现"我"却被踌躇不决和缺少决心所拖累。这个不叫玛丽的女人尽管充满了对艺术的向往，很有可能最后却只是个厨娘。

帕特里夏认为，字母"m"也表明不叫玛丽的女人性格内向，因为这个字母在顶部弯曲的方式，恰似铁路高架桥下的桥拱。性格外向的人写字母"m"时，两个拱形下拉，就像把两个字母"u"连在了一起。帕特里夏曾说过，在字母"m"和孩子们手拉手玩编玫瑰花环的游戏时拉手的方式之间有种联系。在跳这个古老的英格兰儿童舞蹈时，那些将指关节朝上的脸庞瘦削的孩子们所写的字母"m"，就和不叫玛丽的女人的风格一样。而从下面往上拉手指关节朝下的那些没心没肺的孩子们，往往倾向于把"m"的拱形朝下拉。

然而，芭芭拉则过于谨慎，不轻易做出具体的关于外貌的陈述。她坚持认为，笔相学甚至不可能确定写作者是男性还是女性。不叫玛丽的女人将字母"s"写得很圆，"这当然表明顺从的含义，女性更有可能做出妥协和让步。但是这对于男性而言，也是同一个道理。"

在阅读了我拿给她的三本日记，并将其中的笔迹做了相互比较研究之后，她撰写了一份长达三十页的专家报告，为此我只付给了她寒酸的100英镑酬劳。芭芭拉在报告中得出的结论是，这位日记作家到其生命终结时：

> 处在一种消极的心态中，而且大多数时间都是情绪低落。她就是一贯的杞人忧天，通常把人和情形往最坏处想。她腼腆胆怯，总是显得笨拙和局促不安。她穿着可能很朴素，这样就不会吸引别人的注意，（而且）她往往暗恋某个自己得不到的人。因为她觉得自己的父母帮不了她，继而产生了一种寻觅到"好父母"的渴望心理，渴望这个好父亲或者母亲能够认识到她的真实自我。在极端情况下，可能会发生情感崩溃或者自杀行为。

在电影里，病理学家——为了给轻蔑的持怀疑态度的警察最接近的死亡时间——会站在停尸板前，给尸体做解剖分析。在无名日记作家的传记中，芭芭拉·韦弗伏在她那红木餐桌前，给文稿做事后分析。

斜体的笔迹是"情感刻度盘"的刻度。芭芭拉眼神犀利地往上看，她从一堆工具中抓起一只塑料量角器，量角器的边缘有凹陷的刻度线。字体向右侧倾斜，表明这个人性格开朗，信心满满；字体竖直的，表明这个人具有独立精神；字体向左侧倾斜，则表明性格腼腆。

向左侧倾斜　　　　　向右侧倾斜

subconscious（手写体）

"是的，嗯嗯嗯，是个胆小怕羞的人……一个严重的案例，有自杀倾向……很可能酗酒或者嗑药……收藏东西……情绪低落，郁郁寡欢……出生于，咱们看看，是的，1939年……5月22日。"

"从这些笔迹中你就能看出来？"我脱口而出，再也掩饰不住我的怀疑。

"噢，才不是！"芭芭拉反驳道，她从那案板大的放大镜上抬起头来，露出了得意的微笑，"从她所写的内容当中我可以看出来。你难道还没有试过这种做法？"

May 22nd, St.
A.m.: Make a note — it is my birthday — the "Big One"; although it doesn't really happen until nearly midnight tonight. Anyway, now I am eligible for all these concessions I read of, for pensioners.（手写体）

(May 22nd, Sat. [1999]

A.m.: Make a note — it is my birthday — the "Big One"; although it doesn't really happen until nearly midnight tonight. Anyway, now I am eligible for all these concessions I read of, for pensioners.)

[1999年] 5月22日，星期六

上午：——做个记录——今天是我的生日——是个"大生日"；尽管时辰只是在接近午夜时分。不管怎么说，现在所有这些我读到的对领取养老金者的优惠，我都够格了。

14

庆祝之章：从13岁到62岁的庆生

1952年生日礼品单

1．钢笔或者圆珠笔
2．大折刀
3．睡袋
4．词典
5．布娃娃（男或女）
6．裱糊纸绘画本（黑色）
7．色粉笔
8．芭蕾舞鞋
9．裤子
10．给亨利的枪
11．给雅贝的白色新马甲
12．给尤里的茶具
13．给亨利的睡衣
14．给亨利的晨衣
15．一条粉色丝带
16．宴会礼服

{13岁}

1961年　　如我所愿，这个庆生会过得很好。我情绪高涨，身体很好，充满了青春的乐观。到目前为止，非常享受22岁的感觉。这是不是最佳年华呢？

22 岁

1962年　　刚从一场春梦中醒来——确实是很好的生日礼物——对我来说，是个好梦——在梦中，我希求的优越感和社会价值得以实现。

23 岁

1964年　　在家过的生日。真的不明白。我吃得很好，并没有过多地流血。就浑身乏力和神经紧张而言，每个女人的月经期都这么难受吗？每四个星期当中，都有整整一个星期的时间感觉非常糟糕！

25 岁

1974年　　我的生日，也许是我过得最潦草的生日！

晚上，当哈丽雅特夫人在起居室里时，我偷听了一点他们的对话；我有一种不可思议的本能，知道他们会在什么时候说起我。N小姐说我很快乐。她问哈丽雅特夫人我都有哪些兴趣，哈丽雅特夫人却似乎茫然无措。她说我"整天"都在看电视，这使我很恼火，因为事实并非如此。

35 岁

1975年　　我的生日，而且可能是最安静的一次。安静而平常的一天。小哈丽雅特不知道这一事实——也不想让她替我操心。让她能够安静点儿，就算是给我的礼物了——实际上，让所有的老人都安静下来才对。

36 岁

1977 年　　我的生日，无聊的一次生日——幸运的是，我不在乎。那些老人们我真的受够了。他们简直太讨厌了。

38 岁

1978 年　　我的生日，我审视着我收到的礼物。我渴望得到的是关爱的话语，不是物质礼物。[我妹妹]努恩送我睡衣真是慷慨大方，但并非我想要的——我想要的是话语。

[我另一个妹妹]蒲桐认为，单身状态最好了，这令我非常欣慰。她真的这么想。而且她也知道。她对男人太有经验了。她说，吸引力很快就会消失。她还认为，到那时，你就没有自由了，就被困住了。

毫无疑问，E 太忙于走向坟墓了，正在一寸一寸地死亡，根本没有闲暇考虑我的生日。

从书法的角度来看，39写起来很漂亮。

39 岁

1982 年　　我的生日，这个日子我不断地忘记，因为这之前我就感觉到我已经43岁了。在报纸上看到，索菲亚·罗兰在监狱里要求得到额外的享受。她是个可怕的、自负的、娇惯的女人。这对她是个报应。看到一个受命运如此垂青、自我感觉十分良好和身体健康的人受到那样的小挫折，真让我高兴。整天睡到昏死，等等。

43 岁

1983 年　　开心了一个晚上之后,我想起今天是我的生日。称了体重,150磅❶。

44 岁

1984 年　　听起来我出生时似乎九死一生,因为他们应付不了新生儿身上的黏液 —— 我刚刚出生就受洗了,还领了最后的圣餐。这是一个酸楚的故事,因为假如我(父母的第一个孩子)死去了,他们就会痛苦极了。我却想,假如我真的死了,情形是不是会好些。

45 岁

1993 年　　很高兴摆脱了今天。

54 岁

1996 年　　今天是我的生日;我一直在忙着领养老金,这可不是什么休闲的日子。电视偶尔也播放些很好的节目,是医疗节目,关于心脏手术的最新技术。那部电影是讲专家给四个男人做手术,其中三个人已逾古稀。尽管已经很晚了,我还是觉得我得把电影看完,因为我想知道患者们结果如何。不巧的是,其中三个人死了。

57 岁

1997 年　　今天是我的生日! 可是我对这个日子并不是很渴望。我觉得我体形硕大 —— 像搁浅的鲸鱼;就连我的双乳似乎也肿胀无比,而实际上,我身体的那部分一直都是瘪瘪的。

58 岁

---

❶ 约68公斤。1磅≈0.45公斤,下文不再标注。

1998 年　　做个记录；今天是我的生日；我最初并没有想起来。母亲的做法糟透了，她送给了我9英镑。

就这些领取养老金者而言，他们大脑的衰竭似乎先于他们身体的衰竭；这是唯一的解释。

59 岁

1999 年　　做个记录——今天是我的生日——是个"大生日"……母亲在植物园里告诉了我一件我不知道的事情；说我出生时是引产，所以非常快，但是却极其不舒服。医生似乎第二天要乘飞机出行。同样以引产方式出生的另一个婴儿吸的氧气太多了，双目失明了。我自己也出现了"黏液"问题，也做了吸氧。

这或许可以解释我为什么是忧心忡忡的性格了。

60 岁

2000 年　　做个记录；今天是我的生日；一天都笼罩在忧郁中；在我这个年龄，其他人却在做有意思的事情，比如"安娜·福特"今年夏天准备结婚。我去了一趟希斯顿路。回来时，我发现我在酒店里买的那罐苹果酒漏了。

61 岁

2001 年　　做个记录；当然了，今天是我的生日。我觉得当母亲顺着车道走出去的时候，她的样子显得十分老态。想到这是多么痛苦的一年，就觉得这个生日过得还是很不错的；我在想，下一年的情形将会是怎样呢？

62 岁

15

最早的那本日记

> 看了我1952年的日记和昔日的报告。我是个多爱惹麻烦的家伙啊。
>
> {20岁}

利宾纳果汁箱里最早的那本日记,是一本薄薄的米色精装本,里面有23页纯色纸,壳封是两块卡纸纸板,外面覆以棕色包装纸。亚麻布书脊曾经是橘红色或者粉色,但是此刻已经颓败不堪。在封面的一个大方框内,印有说明:

> 通识教育
> 草稿笔记

这段信息已经被某个孩子给弄得面目皆非,洒上了墨水,写上了些胡言乱语。右下角很自满的狂草字迹表明了时间:"1952年"。

年份下有两条下划线,一笔! 又一笔!

笔记本里面，字体庞大笨拙，犹如在纸面上横冲直撞：

DICTATION

The king's son was chamamed with cinderrella. She was very beaterful told that she would dance with her and writh no one easte. cinderrella had shut a good time tate fongot about the clock.

6

← writing needs care

很多页上有画，其中的一些可能是某个小男孩儿所为：

或者肯定是出自女孩儿之手：

或者是某个精神错乱者所画：

还有做得不错的算术题：

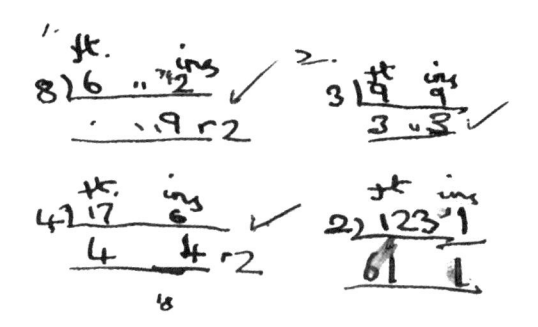

以及一个叫作比诺的形状像法国的虚构国家，上面河流的名字取自乳制品，画面上还有法国知识分子和辱骂黑人的粗鲁词语：

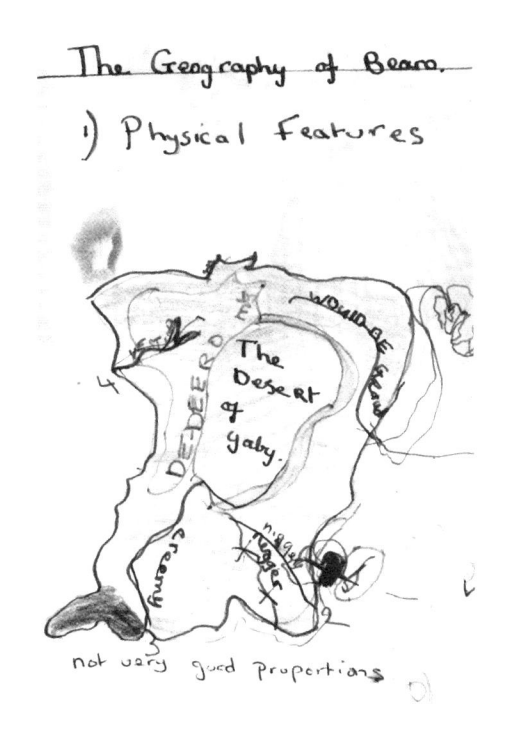

中间五页的插图颜色太浅了，复印不下来。轻柔的铅笔字迹，极纤细，让你一时觉得绘画线条是在这张纸的另一面。这些插图画的是一个小女孩儿在钢琴旁边哭泣。她委顿地坐在小凳子上，头伏在一侧臂弯里，恰似查尔斯·狄更斯笔下一个可怜的孤儿。看不到脸庞：只有头发、四肢和失败。

这本日记属于不叫玛丽的女人吗？还是不属于她？我因为这一探案工作而感到兴奋，就把所有这148本日记归拢了一下，将其分为八类：

(1) 那套闻起来像阿华田饮品、里面画的是连载漫画的七本算数练习簿。

(2) 六本红色人造革日记，里面有小说草稿，开头是"克莱伦斯低声哼唱'多么美丽的早晨！'"。

(3) 这本最早的练习本，年份是1952。

(4) 属于刚进入成年阶段的几本日记，里面的字迹整齐工整，但是字号仍然过大，占据了纸张的所有空间，犹如被喷水壶灌满了水。

(5) 使用小体字的很长一段时间，所用的办公笔记本分为两类：柯林斯"红书"，以及非品牌的精装本，后者有蓝色大理石花纹封面，看上去好像凝望大海的样子。

(6) 1990年代色彩俗艳的笔记本，仅瞥一眼纸张，连里面的内容都不用看，你就能知道，这位日记作者某些方面出现了严重的问题。

(7) 四本很小的日常袖珍日记本，书脊卡槽处插有针筒铅笔。

(8) 空无字迹的笔记本。这一类日记本尤其能触动人的心弦，或者令人感到震撼，这取决于你翻开它们时候的心情。一共有11本空日记本，类型各异：一本艺术家的水彩簿；一本通讯簿，里面的字母沿一侧一路向上,犹如一段楼梯;那本带有乳酪霉菌条纹的笔记本。据我的想象,这些唱空城计的笔记本在不叫玛丽的女人死后仍然堆放在她的桌子上,等待一段永远不会再来的时间。或者再换一种想象:这些笔记本胡乱地散放在房间的各处,因为她急于填满其他日记本,而无暇顾及它们。

一阵沾沾自喜向我袭来。我在使用伦敦警察厅的探案方法,逐渐聚焦我的人物。我的怀特斯之行发现了她的祖先;我的笔相学之访查出了她的出生日期,尽管有些尴尬。鉴于出生之后就是洗礼,所以下一步我需要找到她的名字。

在我崭新的、瑞典设计的金色笔记本里,我匆匆写下了我点滴的成就。

姓名?不叫玛丽。

出生日期?1939年5月22日。

兄弟姐妹?姐妹三人。

父母(在最好的年代这也不是非常有趣的问题)?不详。

她"伟大项目"的主题?不详。不可能是科学方面的,因为在笔记本里没有任何公式或者技术草图。非常年轻并且找工作的年代,拒绝了去图书馆的工作,因为"那里只有腐烂的科技书籍"。科学令她感觉乏味。医药是个例外。阅读了无数的医药方面的课本。

项目失败的原因?不知道。

将她的日记本扔进废料箱的人叫什么名字?为什么要扔?不知道。

E是谁?不知道。

我躺在枕头上定了定神,思考起其他的事情。我想我是否喜欢这个不叫玛丽的女人呢。尽管她那么愤世嫉俗,尽管在她生命的尽头,当她与那个她想掐死、想捅死、名字叫作彼得的男子同处一隅时,她对自己的境况那么愤怒,但她似乎是一位善良温柔的女人。她胆怯害羞又渴望生活，是讨人喜欢的这两者的混合体。我记得在她早期日记中描述了这样一个场景：她离开怀特菲尔德，骑着自行车前往剑桥。当她紧张地骑着自行车沿山坡而下、向阿登布鲁克医院骑去时（令她恐惧的事情之一就是，所有交叉路口和车道上都停着汽车，等着万箭齐发，将她撞倒），她产生了一种"奇妙的原始的幻觉"。她想象自己在逃往森林。她将永远地在那里过着"原生态的生活，紧挨着大地，而且是要在森林的最深处、最黑暗处、风最大处"，并且"怀抱着某个甜心躺在那里 —— 怀抱着我的情人"。

她一本正经地补充说，她对这个男子"没有性欲，只有精神上的渴望……"

不过，当她第一次谈及性这个问题时，她却犹豫不决。

晚风划过她的耳畔，她刚刚在怀特菲尔德洗过热水澡，这仍能令她感到那温暖，不能忘怀那细嫩的皮肤……

"我想象性应该是令人极其兴奋的事情。"她补充说。

在长街的猫屋处，她紧紧握住车把，双腿猛地张开腾空，思维兴奋，"浑身洋溢着香皂的芬芳"，如风一般来到了剑桥。

我是在半夜时分才弄明白缘由的。错就出在这里！

里面是小孩子涂鸦、写于1952年的那本日记，真的是太薄了。

什么样的笔记本只有23页纸呢？

我几乎不用抬手就拿起了那本赢弱的笔记本，我现在已经能够感觉到封面尴尬地覆盖着里面的纸页。我打开封面，发现在紧挨着书脊的地方，有三分之二的纸页被拆走了。

我赶紧从卧室跑到书房，取来了放大镜。

我兴奋地喘了一大口气。我确定这是用刀片割掉的。

16

私家侦探文森特

采访私家侦探文森特·约翰逊
地点：剑桥CB 2咖啡厅
时间：2012年3月12日；2015年4月14日

亚历山大： 本次采访的某些部分正在被录音。您介意吗？
文森特： 不介意。
亚历山大： 我使用录音机的目的，是为了不断章取义。这样，我就可以有把握准确地记录下你所说的话。
文森特： 我理解。
亚历山大： 和写这部书时我采访的所有人一样，在出版之前你可以核查文稿。
文森特： （被逗笑了）亚历山大，这我不担心。我知道你住在哪里。
亚历山大： 我可以称呼你文斯吗？
文森特： 可以。
亚历山大： 文斯，请解释一下你的工作。

即便在咖啡厅阴暗的里间，文斯的样子仍十分机警。他似乎周身长着一层树皮，而不是皮肤。当他隔着桌子伸过手来和你相握时，犹如从一棵树干旁边递过来一根巨大的树枝一般。

文森特： 我是私家侦探，是剑桥私家侦探社的创始人兼社长。我们的业务范围包括监视、传票送达、跟踪、离婚、寻人以及小至偷窃、大到凶杀的各类刑事案件。我们做的大多数事情都非常世俗乏味。我们经常做一些危险的事情，偶尔也做一些古怪的事情。在我管理这家侦探社的三十年中，我们调查了两万多件案子。在那之前，我是剑桥郡警队里最年轻的刑警。

亚历山大： 你是怎么成为私家侦探的呢？

文森特： 当年我在警队时，就住在警察局的楼上。当我感觉无聊时，而且还因为我是新来的，对一切都感到新鲜，我就常常来到楼下的数据办公室。这里是警察局的情报中心。我就用心记住罪犯的图片，还有他们的地址、邮编，以及他们的同案犯是谁，他们开什么车和车牌号是多少。我相信，你上一部传记里的主人公，我遇到过他好几次。

亚历山大： 斯图尔特·肖特？

文森特： 小伙子不错。❶

[2012年，文斯因在一项失踪人群调查中表现杰出，而当选为英国侦探协会的年度侦探。英国侦探协会是英国侦探界的职业监管机构。对于侦探们来说，它那双环内波状飘扬的旗帜这一标识对侦探们的意义，犹如checkatrade.com网站对水暖工一样。]

亚历山大： 你能简要地解释一下所涉案子吗？这样，读者就会理解

---

❶ 文斯后来在电子邮件里解释说："有一次在我审问他期间——他不是犯罪嫌疑人，那是另外一次关于流浪汉事件的调查——他提到了我当时穿的防雨风衣，是澳大利亚'极干爽'（Drizabone）牌的。他说他在街上流浪真希望能有一件这样的外套来保暖防湿。当时我并没有向他做出任何回应，因为我有些尴尬，但是我确实记得那件事情。两个月之后，我再次见到这个小伙子，他正坐在悉尼街的路边被雨淋着。我脱下外套披在他肩上，然后就走了。当时并没有想太多，因为很可能那只是我所做过的一桩下意识的善举而已。"——原书注

你那个案子和我这个调查之间的关联性，因为我在调查的这个人是"我"，又称"不叫玛丽的女人"，也就是这些日记的作者。

私家侦探文斯·约翰逊，2012年，在他逃离利比亚之前不久，他就如何避免发现匿名日记作者的身份一事给出了建议。

文森特：　此案事关一位年轻男子，为了便于识别，我称他为雅各布。他从比利时一家看护很严的精神病院逃走了，他的父母认为他有可能跑到了剑桥。这不是他第一次出走了。

> 上一次出走之后，他的家人花了十个月寻找他，最终在法国里昂公园里的一条长椅上发现了他。他当时脏兮兮的，头发乱糟糟的，几乎就是一个"植物人"，不能与人交流。那是个令人伤心的案子，是在努力救助一个心理失常的年轻人的生命。

亚历山大：　我相信你就是因为"锲而不舍和坚持不懈的"追踪而得到了表彰。

文森特：　国际刑警组织告诉他的父亲，在市场街的一台自动取款机，有人取了一笔现金。他们家给我寄来了三张照片。他看起来跟剑桥的其他年轻人没什么区别。和你那位不叫玛丽的女人一样，他也没有朋友，不使用手机，根本不会与人交往，他之所以使用现金，是为了不留下任何痕迹，他的智力接近于天才。

亚历山大：　至少你还知道个名字。

文森特：　他不是人，是鬼。

你怎么能够找到一个鬼呢？"不言而喻，"文斯在总结这个案子时写道，"我开着车，骑着自行车，还有步行，很系统地搜索全市各处。"他"完全投入进了这桩案子里"。

"我当时认为，我是唯一一个对正在发生的任何事情都完全掌控的人，可是其他人不理解，所以我就很恼火，很泄气。"

文森特：　当我休息时，我就和昔日的警察局同事们以及现役警察们交流。我还和我昔日的伙伴希腊人乔治恳谈，征求他这个常在街头的人的意见。我想不留任何死角，以确保万无一失。那个人的身体状况在恶化。当时的情形就像，"天哪！你还剩下多少日子来救这个人的生

	命，因为只要他停止用药，恶化就会随之发生。"我竭尽所能，力求钻进他的脑袋里，并开始按照他的习惯行事。我妻子很善于打理一切，但是我却边开车边想，"我的天！那是什么味儿？"我有三四天没有洗澡了，我身上的气味也和他一样了。雅各布绝不是傻子。他每次逃走之后都改进了技术，几乎不留任何脚印，简直就成了隐身人。
亚历山大：	可你还是在两个星期之内，在这座12万人口的城市里，将他找到了。
文森特：	有时候，为了把案子搞清楚，你必须要有强迫症，我想我就有强迫症的特性。
亚历山大：	你的突破点在哪里？
文森特：	一本书，和你的日记作家一样。那是一本关于天文学的书。

  从点滴小事中看到大千世界，这真让人高兴。一时间我感觉我们被联合到了一起：我和不叫玛丽的女人，文斯和雅各布，我们于见微知著中获得了乐趣。就文斯而言，他连书的名字都不知道，只知道那是什么方面的书，就找到了他生涯中最复杂案子的答案（他将那个案子称作"一池金鱼里面的大白鲨"）。就我而言，在一个匿名的、坏脾气的、已经死去的老太太的小号字笔迹中，我想，尽管我一直都在嘲笑我自己的浮夸自负，我却找到了某种普遍的东西——之前一直没有探索过的一种普遍情感。对于不叫玛丽的女人而言，"快乐"这个词并不合适，微小事物的影响困扰着她（她怕被细小食物噎着；她的宏伟目标被挤成了细小的字母；她的希望被比喻成怀特菲尔德庄园旁边农田上"零星分布的燕麦"）。对于疯狂的雅各布而言，从纸上的方程式，他看到了宇宙。

亚历山大： 我不明白。那本书怎么会重要呢？
文森特： 我给雅各布的母亲打了电话，问她儿子从精神病院出逃之前，最后读的那本书是什么。她说那是本关于天文学方面的书。
亚历山大： 那有什么帮助呢？
文森特： 我就去了图书馆的天文学部。
亚历山大： 然后呢？
文森特： 我就等待。

几天之后，雅各布出现在了数学部。他已经骨瘦如柴，"脏兮兮的，头发乱糟糟的"，"奄奄一息"。接着文斯就跟踪、偷偷录像，给比利时的精神病专家打电话，安排剑桥与欧洲警队之间展开国际合作，让雅各布到市精神病院休养，最后和雅各布一起坐在一辆救护车的后排座位上，给雅各布看一本他最喜欢的假日景点相册，同车回到比利时那家精神病院。

让文斯获得嘉奖的并非仅仅是他那种锲而不舍的精神，还有他那心理学的洞察力和他的善良。

在文斯破解了这宗复杂的寻人案子的同一年，他又成了本地媒体的标题性人物：在推翻卡扎菲上校的内战伊始，他成功地穿越大沙漠逃离利比亚。

在我与文斯见面的前一周，我给他发了不叫玛丽的女人日记中的一组复印件。其中包括1974年不叫玛丽的女人35岁时写的一篇日记：

> Still loving Dame Harriette extremely — wish I could love her less. Seem to have such a crush on her, I feel quite ashamed of myself. And it affects me physically most ~~while~~. My anguish would be awful ~~through~~ if I lost her in any way, in fact. Of course worry about my health and ability to cope, in view of ~~there~~ being in charge of something so precious. My little love, my little jewel, my little flower. She is 99.

(Still loving Dame Harriette extremely — wish I could love her less. Seem to have such a crush on her, I feel quite ashamed of myself. And it affects me physically most. My anguish would be awful if I lost her in any way, in fact. Of course worry about my health and ability to cope, in view of being in charge of something so precious. My little love, my little jewel, my little flower. She is 99.)

仍然非常爱哈丽雅特夫人——真希望爱她少些。似乎对她如此迷恋，我感觉羞愧难当。这给我的身体带来了很大影响。实际上，如果我在哪里看不到她，我就会感到极度痛苦。当然，鉴于我正在负责爱护着如此宝贵的东西，我也担心我的健康和应对能力。我娇小的爱人，我小小的宝石，我娇小的花蕾。她现年99岁。

"今天早晨我出门之前，为你做了点儿初步的研究。"文斯说着，从他放在椅子腿旁边的一个股票经纪人常用公文包里拿出了一些复印件。他将最上面的一张迅速地翻了过去，那是我的照片。接下来的一张看上去有点儿像银行对账单——他也迅速地翻过去——然后找出关于劳拉对哈丽雅特夫人"迷恋"的那段描述。

文森特： 这个人,"哈丽雅特夫人"(轻轻敲了敲这个名字)。

亚历山大： 我不知道那是谁。

文森特： 她是 chick。

亚历山大： 很显然,不叫玛丽的女人是这么认为的❶。

文森特： 我是说她姓 Chick。哈丽雅特·奇克夫人。七姊妹之一。生于1875年,卒于1977年。杰出的营养学家。她发表的论文存放在伦敦的韦尔科姆图书馆里。

哈丽雅特·奇克夫人和她的六姊妹。哈丽雅特居中,戴白色帽子。她后来成为她那个时代最杰出的微生物学家之一,在发现佝偻病治疗方法上起到了重要的作用。她职业生涯早期的肖像照所展示的,是一位身穿正装、争强好胜的年轻女性,一头鬈发梳成两个扁扁的发髻,隔热手套大小。她那美丽、坚强的头颅看起来就像一个正从烤炉里取出一条面包的人一样。

文森特： 这个对你提到的被拿掉的纸页有参考作用吗?

亚历山大： 这怎么可能呢? 那本日记写于1952年,那时不叫玛丽的女人才13岁。那篇关于哈丽雅特夫人的日记是二十多年

❶ 亚历山大将"chick"理解为"小姐"。

以后的事情了。

文森特： （将头侧向一边，那样子似乎在说，在这个世界里，任何事件的结合都不足为奇。）也许她使用了一本旧的日记本。把她的思想藏在那里？现在她想把她生活中的那段时光删除掉。我经手过那样的案子。她不想让自己的日记被这个人玷污。为了让自己的精神能够正常，许多人都会将与那个人有联系的东西拿掉。将其移出你的生活，这样它就不会伤害你。一个人处在仍然渴望将自己的日记发表的时期，却将那么大段的内容拿掉，我实在想不出还有其他什么原因了。

文斯又拿起一张我发给他的复印件，将早期的大字体与后来的细小难以辨认的字体做了比较。"你从一开始就买了一定数量的笔记本吗？"他问道，并不是问我，而是在问不叫玛丽的女人。在接下来的几分钟里，他研究着那几张复印件，混淆了时间和人物，犹如他在测试保险柜上的密码锁，想将保险柜打开——有时候他以不叫玛丽的女人的身份说话；有时候他又对她说话；有时候他有些冷冷地对我说话，或者是对他自己说话。"也许她对自己有所认识。这种开始时以一种字体书写，接下来又用小一半的字体书写的方式，似乎很是奇怪。她的笔记本和时间都不够用了，大限将至。"

"因为只剩下一段时间了，所以她就努力将所有的一切都写进这些练习簿中，因此字体就变小了。笔迹中没有任何颤抖的痕迹。内容非常精准……标点符号好于前期的日记……简直太小了。为什么写那么小呢？很显然，她的视力非常好。没错……她自己也承认，她的日记不会得以发表，所以何必呢？何必要那么清晰呢？不用了，我就把字写得尽可能小，犹如我自己的隐私生活那么隐秘。最后，这些日记就是她留下的唯一遗产了……"

我对文斯关于封闭和地点的心理学隐喻很感兴趣。"我"的日记就是她令人窒息的生活的象征，她的笔迹就是她渺小感的计量器；她是那么一个渺小的、惊恐的、孤独的中年女性，她就那样坐在房间里写着日记。文斯在追踪雅各布时，他以相似的方式解释了那个人的行为。文斯并没有在街上或者市内流浪汉收容所或者旅店里找到雅各布，这确实说明了问题。他在天文学部发现了他之后，就悄悄地跟踪他，"躲在树后面跟踪他"。

文森特： 很显然，当时我以为雅各布会前往某个旅馆或者学生宿舍，我十分兴奋，因为我终于发现了他，当时天已经黑了。他走到了我停车的地方——这我根本没有料到——跳进一辆该死的租来的车里。我不得不跳过引擎罩躲过他的视线，然后悄悄钻进我的车里。为了跟上他，我驱车越过一道长满草的河岸，另一侧车轮在路上剧烈颠簸。在斯托勒路他停了下来，走下车，从车后座取出了笔记本电脑，然后又回到车里开始钻研。这辆车就是他的教室。笔记本电脑的光线映在他的脸上。然后他钻进了一个睡袋，汽车成了他的旅馆。在他的脑袋里，汽车就是这些不同的房间。好吧，我不喜欢这个样子……

文斯给我讲述雅各布时，他也在浏览我发给他的那本被割掉的笔记本的复印件，此刻他正在研究这位精神失常的女子的素描（参见第98页）。

文森特： 这里有点儿问题。那个婴儿的眼睛：婴儿看上去像个外星人。那个婴儿不像人类。母亲的样子好像在生气。母亲为什么生气呢？她的嘴嘟得就像现代漂亮傻妞嘟嘴的样子。这张嘴和生气的表情不搭。对，这张脸看上去让人不舒服……我爱我母亲，但是因为母亲生我的气了，我就非要和其他年长的女人攀上关系吗？她在那条关于哈丽雅特夫人的笔记里提及自己的健康时，也许她指的是她的心理健康。你所研究的这个女人年龄在三十到四十岁之间，也许有心理问题，她迷恋着她的雇主，而雇主已经99岁了，于三年之后去世了……她是怎么死的呢？也许这真的是一件刑事犯罪案件吧？

亚历山大： 我不认为她会那么疯狂。不至于像雅各布那样被关进精神病院里。她只是孤独、失望、却没发疯。

文森特： 她被关进了她自己的精神病院。

    足矣。我不想再给文斯更多资料了。我不想让他破解这个谜之后再获得什么嘉奖。我最初和他联系的原因，并不是想知道该使用什么技术来寻到我这位失踪的日记作者，而正是相反。我想知道如何避免使用成功的手段。

    文斯向我建议，我需要做的第一件事情就是去查选民登记册。我下定决心决不靠近那东西。

文森特： 如果她没有被谋杀，不是间谍，也不是杰出的科学家，并没有什么重大的秘密；她根本没有什么了不起的地方——她仅仅是一个普通人，那怎么办？

亚历山大： 但关键就在这儿。这就是最好的结果。只要不叫玛丽的女人一直身份不明，她就有价值。她身上让人感觉有意思的，正是她的普通，正是因为她写了那么多普通的事情。假如她很有名，就毁了这个故事。假如她是一桩丑闻，或者是一位政客，或者是一名流行歌手，她就再也不是隔壁那个无名氏了。那我就该遇到麻烦了。

文斯起身告辞。他咔嗒一声打开了他那令人吃惊的公文包，将我给他的复印件和关于我的背景文件放回去。

"你知道吗，有了这148本日记，你的麻烦会是，麻烦再多你也觉得不够多。"

接着，他再次从树干般的身躯旁伸出树枝般的手臂，和我握手告别。

17

第二次捅刀子

> 天哪,我这个样子怎样才能度过一生呢?
> 1960年4月2日,星期六

> 幸运的是,没有太怕蓝纹乳酪。
> 1960年3月30日,星期三
> {*20 岁*}

1960年4月3日,不叫玛丽的女人开始用刀子扎墙。

整个上午,她都处在"百无聊赖、难以控制的抑郁中"。她的妹妹们"都很招她烦"。午餐时,她"太气愤、太激动了",根本不想吃饭,所以就坐在餐桌旁,将双手放在空空的盘子两边,"敲敲晃晃的样子如同鱼一般"。她皱起眉头看着家里人的贪吃相。

不叫玛丽的女人受到一个可怕想法的困扰:当我吞咽时,如果食物误入了我的肺部,该如何是好?几个月之后,最初的一种很小的心理问题——每天困扰小孩子们的几十件类似的事情之一,而且我们大多数人都能很快地将其释怀——到了不叫玛丽的女人这里,却成了一个严重的神经症,不叫玛丽的女人称其为"恐惧症"。我也曾有过一种类似的恐惧症。那是我七岁的时候,我的美国父母把我带回美国开始的。一天上午，我们沿着一条高速公路行驶时路过了一家饭店，饭店的名字叫"停下来填饱肚子饭店"（The Stop and Stuff Inn）。由于某种原因（谁知道为什么呢？），那个短语就固定在了我的脑海里，并且狠狠地撞击我的脑海长达两年之久：停下来填饱肚子饭店，停下来填饱肚子饭店，停下来填饱肚子饭店，停下来填饱肚子饭店……即使现在，在四十年之后的今天，我写下这几个词的时候仍然忐忑不安。我经常半夜里醒来想吐，因为我忘不掉它们。

就不叫玛丽的女人而言，对固体食物的恐惧迅速蔓延，连大口喝水她都不敢了（小口地慢喝，即使在恐惧症最厉害时，她也总能应对）。就餐时，她得花上长达两个小时的时间，才能像小鸟啄食那样吃完一个盘子里的食物。预科学校的食堂及后来的艺术学校食堂，都很难令她适应。她不能交朋友，也不能跟男生约会。即使在里昂街角餐厅，也是麻烦不断：因为总有一块蛋糕还没有吃完。脱水加上绝望，她患上了膀胱炎，所以恐惧症又蔓延到了厕所里。如果说她不是因为该吃饭了而紧张，也是因为不能小便而慌乱。

关于不叫玛丽的女人我所喜欢的事情之一，就是这些早期的问题都在她的身体上强烈地显示了出来。回忆录常穿插的内容不外乎是哭哭啼啼地解释以前的心理创伤——爸爸不爱我；我四岁的时候妈妈扇了我耳光。不叫玛丽的女人并不因为自己的这种精神失常而怪罪她的父母。这和父母没有关系。有一次她去看心理医生，那位专家不出意外地开了"黄腔"，他尤其对"吞咽"这个词感到兴奋；但是他的诊断结果对不叫玛丽的女人并没有多大效果。不叫玛丽的女人的问题，归根结底是她消化道起始端的问题和末端的问题。起始端：人人都可能在儿童时期会有的关于饮食的心理问题，在她身上却失了控。末端：膀胱炎问题。还有一些可以想见的恶果无疑是雪上加霜。得记着月月会流血，被提醒自己就像农场上饲养的牲畜一样，功能就是生孩子，而且在高级课程考试周，不管如何求助身体来支援，五脏六腑总会掉链子，开始阵阵痉挛。

自从我去过那个加油站之后，我一直都认为，任何神志正常的女人都是一个奇迹。

·································～·································

假如不叫玛丽的女人能够解决食品摄入和排便的问题，那么她在1960年代早期的生活可能还是不错的。

她的体重开始下降。1960年3月17日，她的体重为142磅；5月7日，为139.5磅。

> 惊恐万状地看到我变得越来越苗条，一想到要变成一具"行走的骷髅"，我就觉得不寒而栗。

她的恐惧并没有转换成食欲的降低。假如她的食道允许，她会将石头上的苔藓咬下来。但是每当不叫玛丽的女人将叉子举到嘴边，她的嗓子就啪嗒一声关闭了，食物就咽不下去了。

在这些早期日记里的每一页上，恐惧症都如影随形地穷追不舍。有一次在梦中，不叫玛丽的女人梦到自己变成了一头母牛在吃草：地面上铺了一层食物。但是当她醒来时，她又掉了四分之一磅的体重。

> 现在坐在硬板凳上会很不舒服，我的骨头都快戳出来了。

她设计了一些精细的技巧来摄取营养。她仰卧在床上，让头部从床边垂下，努力地倒着进食。以这种方式（重力在她肋骨方向），当食物来到肺部和胃部之间至关重要的膈膜时，她就可以更好地把控食物的走向。她藏身在她们家庭汽车的后面，直接从"纸袋里"取出来一块圆面包塞进嘴里，眼睛根本不看自己在做什么。这并不管用。还有一种方法就是将自己锁进卫生间里，把脑袋伸进盥洗池里，拧开水龙头，伴随着流水的声音进食。就我所理解，这最后一种方法根本没有理论依据，只是偶尔能成功。

在一篇长达二十页的日记中她强调说，"写作能够创造一种生存的欲望，'吞咽'则创造一种死亡的欲望。"

在本章开篇她用刀扎墙的那天，不叫玛丽的女人的那些"令人厌恶的"妹妹们中午大吃大喝了一番之后，又开始迅速地穿上外套，好赶到奶奶家里吃晚餐，接着暴饮暴食。

不叫玛丽的女人十分惊恐，就静静地从桌旁站起身来，说她不想和她们一起去。她说她或许去一趟贝德福德的电影院看《蝴蝶夫人》。

接着她又说她感觉有点儿累了，不想去贝德福德了。

她准备去睡觉。

然后她就上楼回到了自己的房间，用一把折刀猛扎壁纸。

如同来月经一样，这个恐惧症几乎无时不在，但是最糟糕的感觉从来不超过一个星期。其余大多数时间，它就像一个不太称职的管家，在就餐时守候在不叫玛丽的女人的椅子后面，仅是一堆困扰她生活的较轻微心理疾病的一部分。

她还有穿过街道的恐惧，骑自行车的紧张；她还确信她身上有味儿，她愚蠢，她注定要一辈子嫁不出去，她被人憎恶；她疑心自己要失去手臂，丧失视力，因为她压倒一切的抱负，就是要当作家、画家或者音乐家，而拿走她实现这些抱负所需要的两种宝贝正是上帝会做的事；她还有间歇性的恐旷症……

不叫玛丽的女人椅子后面那令人厌恶的管家不是人类，而是一条章鱼。

这里面有很大一部分属于不确切的心理呓语。但是我对不叫玛丽的女人仍然不觉得格外担心。她对自己那种癔病般的认识也许超过了普通青春期心理不协调的程度，但是孩子们一般都能够度过这个时期。他们都能自行解决。就这些荒唐的行为而言，21岁的不叫玛丽的女人是有些过了年龄，但是她却生长在树林中，生长在一座有四百万年历史的小山的山顶上。

这篇捅刀子日记的纸页上沿已经腐蚀成石灰岩悬崖的形状，在其背面，她幻想着痛苦和杀戮：

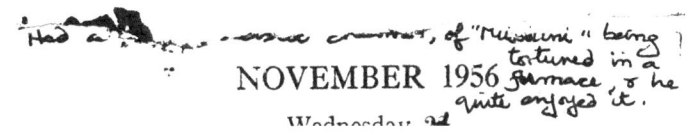

NOVEMBER 1956

(Had a dream ... of "Mussolini" being
tortured in a
furnace, & he
quite enjoyed it.
[actual date May 1960])

做了一个梦……梦到"墨索里尼"被放在火炉里饱受折磨，而且他还感觉很享受。[实际日期，1960年5月]

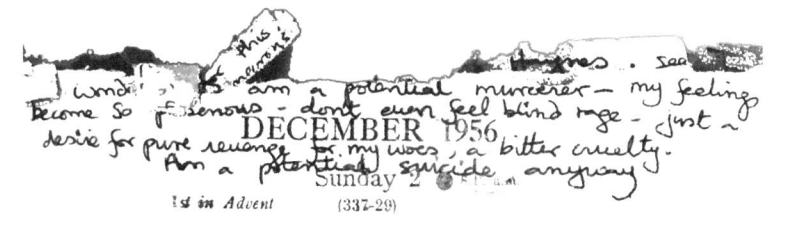

DECEMBER 1956

(Wond[er if] I am a potential murderer — my feelings
become so p[oi]senous — don't even feel blind rage — just
a desire for pure revenge for my woes, a bitter cruelty.
Am a potential suicide anyway)

我思忖我是否是一个潜在的凶手——我的情感变得那么恶毒——甚至连愤怒都不是盲目的——就是有一种纯粹的为我的痛苦而报仇的欲望，一种恶狠狠的残忍。

不管怎么说，我是一个潜在的自杀者。

NOV.–DEC. 1956

(Nizzy [her mother] just been beastly over the bedroom,
... downstairs & got the sharpest knife, the carving knife, from

the cupboard — am

I crazy? But feel such aggression)

尼兹[她母亲]就卧室的样子发了一大通火……楼下，从柜橱里拿起一把最锋利的刀，那把切肉餐刀——我疯了吗？但是敌对情绪就是如此强烈。

(Crumbs, life is DIFFICULT —
Not given up hope yet — not suicide thoughts — but
if life was something tangible, I would give it a
good slash across the head — BLOODY thing.)

天哪！ 生活真艰难——

仍然没有放弃希望——不是自杀的想法——但是假如生活是有形的、可触摸的，我就会朝着它的脑袋，狠狠砍上一刀——够血淋淋的。

离开皮尔斯女子学校之后不久，依然只有19岁的不叫玛丽的女人就开始写作她的"第三部小说"（"没有小说《日瓦戈医生》写得好"）。她还有抱负要成为"一位关于莎士比亚的权威和作家"。

> 要写得像小说、戏剧、歌剧和歌曲那样好……美丽的春天——来自于天堂的清风，时隐时现的太阳，霏霏细雨，吼叫的林涛，撩拨得我兴奋、发狂。

她不仅热衷于文学写作，对音乐和绘画也狂热不已：

> 我是一个天生就搞创作的个体，不该随波逐流！看看我在公共汽车车窗里的倩影吧，一张有深刻内涵的年轻的脸，而且你看，我不是图书馆员，也不是厨娘……甚至不是大学英语专业的学生，不是什么学者，而是艺术家（但是，在好几个领域里当了艺术家之后，就做学者）。

在托马斯·曼的一部传记中，她读到，一位真正的艺术家是"与世隔绝和与众不同的，是被正常的人类伙伴所排斥的"。根据那部传记所说，歌德就是当时著名的社会疯子。

> 我身体里——也许——蕴藏着巨大的潜力。

正是为了离那个"安静的、能够听到钟表滴答响的图书馆氛围"近一些，她才在剑桥市中心的城堡山租了一处住所，紧挨着她外祖父母的家。

> 壮观、美丽的房屋……从卧室窗子向外看，一片美景：国王学院、剑桥屋顶、教堂和尖顶的全景，烟囱、蓝色的石板瓦、摇曳的树木和变幻莫测的天空。

这个时期，不叫玛丽的女子在剑桥所租住的那座房子，离蒂朵四十四年之后发现这些日记的地方只有四分之一英里远。不叫玛丽的女人的女房东是坎特伯雷大主教迈克尔·拉姆齐的姑姑拉姆齐小姐。

拉姆齐小姐每周收取房租25先令，各种费用和早餐都包括在内，可是当她这位虔诚的侄儿过来时，不叫玛丽的女人必须得搬出来。

> 这两个晚上"大主教"一直睡在我的床上——今天他来到了阅览室——他哪里知道，他与之说话的女孩儿竟然是他昨晚睡的那张床的主人。

在这种情况下，不叫玛丽的女人就到隔壁和外祖父母住在一起。她很少提到她的这些亲属，尽管在这个时期她一定是经常看到他们。但是她提到了她在他们那里照镜子。

> 在外婆家的镜子里看到我的脸庞——又发生了变化——依然是瘦小可人，而且最重要的是，它有更多的灵气——那一定就是W夫人所提到的那种光彩吧。清秀的眉目，轻型眼镜后面那双热切的大眼睛，小巧的含着些许微笑的樱唇，艺术家的下颔。

只要拉姆齐大主教一回坎特伯雷，拉姆齐小姐就将枕头弄得蓬松些，换上床单，让不叫玛丽的女人搬回来住。

"拉姆齐小姐的这位不时来一趟的神职人员，我好喜欢啊。"不叫玛丽的女人在一本很小的红色备忘录里写道。

> 这位"大主教"一直在用我那块<u>粉红色香皂</u>。

> 这双大眼睛很热切;樱唇小巧,含着些许的微笑。但是她看上去仍然像一个戴着假发的拳击手,只不过脸上化了妆。我不知道"艺术家"的下颌是什么样子。

关于怀特斯我又搞错了。又一件我认为我已经搞定了的传记事实,"嗖"的一下消失了。

怀特菲尔德并不是她的家。不叫玛丽的女人并非出生在那里。那是她梦想的一个地方。不叫玛丽的女人唯一一段逗留在怀特菲尔德的时间(该庄园的拥有者是她的祖母),是当她在皮尔斯女子学校读书时,年龄在16至18岁之间。

不叫玛丽的女人出生在三十英里之外贝德福德郊外海恩斯的一座房子里。在那里,

> 所有的建筑都低矮、丑陋、肮脏,那里的人看上去既愚蠢又令人厌恶……

和不叫玛丽的女人的写作风格一样,读者很难捉摸透那座海恩斯的房子到底是什么样子。它的名字很庸俗,叫作"都铎村舍"。房子离

一条主路很近。据我的想象，这座房子位于联排房的一角，一道矮矮的花园墙外就是十字路口；白色的墙壁呈纹理状；一道木色的1930年代的门廊，两侧是装点了一些玻璃瓶碎片饰品的凸窗；能够引起哮喘的玫瑰丛，叶子下面已经被汽车熏黑。我越想越觉得这里的墙壁肮脏，这里的花坛颓败。在战后的这些年里，海恩斯一刻也未得到安宁。大货车满载着从斯图尔特比砖厂刚烧出来的建筑材料隆隆驶过此地，奔向东部繁盛的建筑业市场。

不叫玛丽的女人提到了入睡难的问题。

和她在都铎村舍一起居住的，有她的母亲和她的两个妹妹（"说话尖刻、啰里吧唆的沃伊尔，大脸盘、臭烘烘的淘气鬼凯特"），还有她的父亲，一个她尽量少提的"吝啬鬼"。在一篇日记中有一幅对这座房子的素描，那里还提到了一个叫作本德罗的角色，这或许是个仆人，或许是厕所：

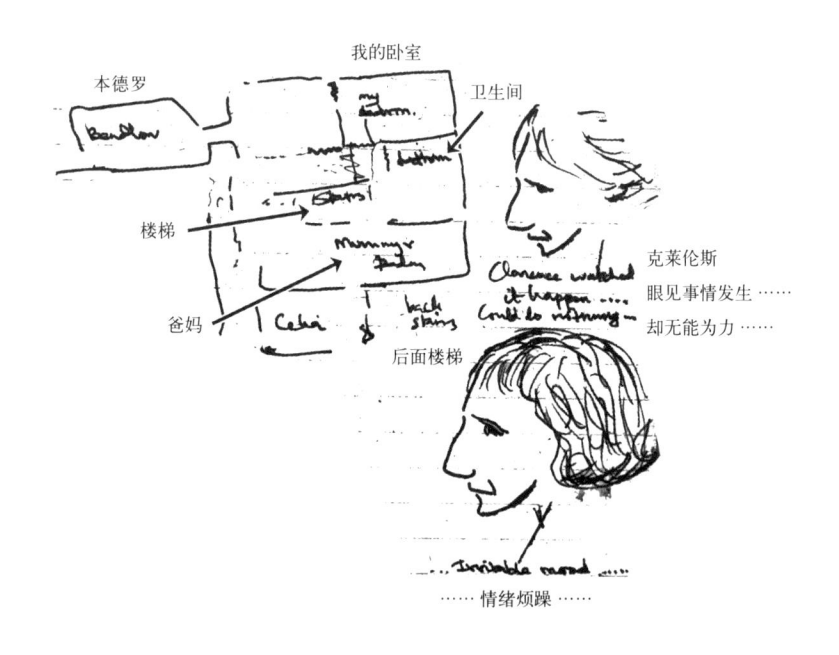

克莱伦斯
眼见事情发生……
却无能为力……

……情绪烦躁……

在那次用刀子扎墙的事件中，当她妈妈走到楼上时，不叫玛丽的女人手里仍然拿着刀子，哭喊道，"我不会和你们坐车去怀特斯了，因为你们会觉得我给你们丢脸；但是如果大家都走了，我很可能会割腕自杀。"

他们强迫她去了怀特斯。

在这30英里长的车程中，不叫玛丽的女人蜷缩在车子的后面。她冲动的力量让她感到害怕。他们的车子驶过了一些难看的小镇，接着又路过了耕种过度的缓坡田地。很长的路段都是模糊的灌木树篱。这里根本没有一个艺术家真正生活所该有的那种绝妙的、几乎是痛苦的体验。一切都在悄无声息地一闪而过。

只是当车子到达离怀特斯庄园不远处的大谢尔福德，她空虚的情绪才开始充实起来。她承认，至少圣母马利亚教堂的尖顶还是很漂亮的。主街酒吧前面的土地 —— 撒克逊人曾经居住在这里；知道这一点很令人欣慰。经过的每一处农场门口，欣顿路上的树篱都是瞬间消失，然后又是瞬间闪回。在这些一闪而过的间隙，不叫玛丽的女人瞥见了山下剑桥的一片林海。她能够辨认出学院里那些自以为是的尖顶。

开车的是她的妹妹凯特，而不是她的母亲或者父亲。

"开车现在快成了生活中的一部分了。"不叫玛丽的女人自言自语。她被凯特开车的阵势惊呆了：她在迎面呼啸而来的车辆中左突右闪，直接从两侧大门柱子中间飞驰而过，驶进了怀特菲尔德两旁栽有树木的车道，迅速调节变速杆和踏板，敏捷地驶过"粉红色、古铜色、窸窣作响、行间长着罂粟的小麦田"。后来她妹妹说，在那恍惚而过的迅捷瞬间，她"根本没有感觉到紧张"，这真让不叫玛丽的女人难以置信。

凯特"正在表明她在生活中比我好"。

在扎墙事件的那天晚上，不叫玛丽的女人请求到车道尽头时让她下车,她想自己一个人沿着欧椴林荫大道走走。她解释说,她自己需要时间做回自己。只有到了怀特菲尔德庄园,不管她是不是住在那儿,不叫玛丽的女人才感觉有了真正的认同感。只是到了怀特菲尔德庄园,她才不是不叫玛丽的女人,她才不是被抛弃者,她才不是那个直到死都没有名字并被扔进废料箱里的女人,而是……

"劳拉!"她的祖母推开前门叫道,"欢迎你!"

18

成长

> 我的个子太高了。
>
> {35岁}

与文斯会面之后,在返程的火车上,我被一个想法吓了一跳。我意识到我可以将"我"从坟墓中带回,并且量量她的身高。

"我"提到她的个子很高。她的身高成了她的一块心病。这样的身高让她感到厌恶,她只好弓着背走路,让人感觉怪怪的。

> E说我除了个子高之外,一无是处。
> E说我走起路来像是有毛病。
> E说索菲亚夫人所照看的一个女孩儿走路的姿势很像我,她歇斯底里、精神错乱。
> E说劳拉你是……

就这样,我发现了这位日记作者的名字叫劳拉:就在我寻找关于这位日记作者的身高线索时,我看到的这句E对她的人身攻击中包含了她的名字。

现在我意识到,我不必等待劳拉来告诉我答案了;我可以估计出来了。我望着车窗外面逝去的乡村风光,时刻在想着我的成就——劳拉!她的名字叫劳拉!我感觉到,这一切都是象征!铁轨一侧与火车并行的树林就是我的懵懂。铁轨另一侧阳光普照的引水渠流向一座小镇教堂，那揭示了"我"的教名。百安居商店俗艳的橙色牌子突然挡住了我的视线，这代表我的职业精神：尽管我发现了这个名字而沾沾自喜，但我不会让它使我分心。名字仅仅是名字而已。万不可从中得出毫无价值的、表面的结论。尽管如此，我却从没有想到不叫玛丽的女人是个高个子。不叫玛丽是一个矮个子的名字。"劳拉"则有高度。

知道她到底有多高这很重要，因为劳拉对自己身高的态度很是奇特。中年时，她就拒绝去巴金斯商店购物，因为她如鹤立鸡群一般在一群"矮人们"中间晃动，他们看着她，发现她在买苹果酒。但是她到底有多高呢？她从没有具体说明。她是个女巨人吗？

1950年代，当劳拉离开皮尔斯女子学校时，英国女性的平均身高为5英尺2英寸［约1米57］。今天，这个平均高度为5英尺4英寸［约1米63］。（根据《每日邮报》上的一篇文章所说，部分原因是有了中央供暖：因为我们在长身体时，颤抖所花费的能量减少了，我们把更多的能量花在了长高上。）但这仍然不算多高。我所认识的那些身高有5英尺9英寸［约1米75］的女性，并不谈论自己的身高。如果劳拉只有那么高，我们就了解了她的心态——她患有偏执狂。身高是5英尺10英寸［约1米78］，女士们就开始谈论自己的身高了。如果身高是6英尺［约1米83］，有些女士就会皱眉头了。我所认识的最高的女士是6英尺2英寸［约1米88］，她是个驼背。劳拉是这个高度吗？

下了火车之后，我立刻去了文具店。几分钟之后，我花了45便士买了一件小塑料文具走了出来。有了这个东西，我就可以将劳拉从坟墓中请出来，我就可以清楚地知道她的身高，犹如她躺在我眼前一样。我查到了她的性别，发现了她的出生日期，误打误撞地看到了她的教名，现在，我即将估算她的身高。她周身的迷雾正在被吹走。

关于她身高问题的答案写在1990年代末期那些色彩鲜艳的日记本

里，此时她已经步入老年。每页可见。比如这里：

(I let Peter imprison me every summer evening in the usual way — abysmal, when others are out and about.)

夏日的每个晚上，当其他人都出去快乐时，我就让彼得以同样的方式把我关在屋里，糟糕透了。

还有这里：

(Peter came upstairs as usual, to make his bed and all that; but changed his mind, had to hurry down to the wickery. He eats so much tinned grapefruit etc. etc.. I just wanted revenge for all the misery he has caused me — turned on the hot taps everywhere I could, so that he would lose all his hot water. I knew he would sit helpless in the wickery, whilst it all ran away. And then he would not be able to flush the pee out of his basin.)

像往常那样，彼得来到楼上铺床准备睡觉；但是他改变了主意，又快速下楼去厕所。他吃了太多的葡萄柚罐头，以及各种乱七八糟。他给我带来了那么多痛苦，我只想报复他——我尽可能将所有的热水开关都打开了，这样，他就没有热水可用。我知道他会无助地坐在厕所里，同时所有的水都流光。然后他就不能把尿从小便池里冲走了。

问题的关键在于字体的倾斜度。这些日记是夜间劳拉躺在床上时写的，所以每行字迹的倾斜度代表着她的手在页面上挪动时的曲线，这时，她的臂肘（作为支点）支撑在床垫上。换句话说，利用这个向下坡度的角度和长度，应该能够估算出写作者小臂的长度。（假如她是个侏儒，她的小臂相应地就会短小，她写的每行字迹就会弯曲得可笑；如果是个巨人，就几乎没有任何曲度。）我为了将死去的劳拉复活而花了45便士买来的那件塑料文具，也是芭芭拉用来研究她笔迹的工具：上学用的量角器。

整个晚上我都在算方程。到黎明时分，我有了答案。

设 S 为后期日记中一行笔迹的平均长度。

A 为这行笔迹与水平线的平均角度。

如果 S 被用来代表一个圆的割线，该圆的半径是"劳拉小臂的长度加上从手到手中钢笔笔尖之间的距离"，劳拉的身高就是这样的：

$$6 \times 0.68 \times S \div (2 \times \sin A)$$

系数0.68从几次试验中得出（在我自己身上做的试验），我的试验发现，一个人小臂的长度是从肘部到笔尖之间距离的0.68倍：

角度A

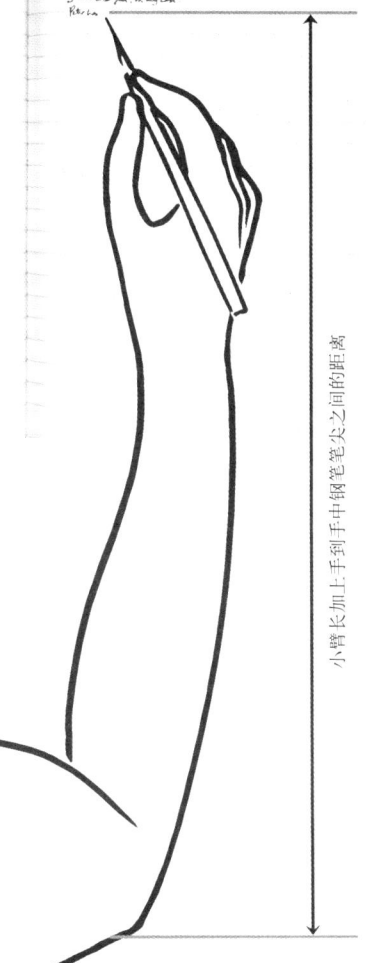

小臂长加上手中钢笔笔尖之间的距离

系数6是基于公认的经验事实，如互联网所描述，一个人的身高大约是其小臂长度的六倍。

因此，将劳拉后期日记中每行笔迹的长度和角度放进方程式中：

$$\begin{aligned}劳拉身长 &= 6 \times 0.68 \times [S \div (2 \times \sin A)] \\ &= 6 \times 0.68 \times [0.13 \div 0.0698] \\ &= 7.6\end{aligned}$$

7米6，或者说差一点儿25英尺高。

我抓起运算纸，将其投进了壁炉。

19

性

> 劳拉:"但那是性吗?"
>
> E("十分强调地"):"当然是了!"
>
> {23岁}

从皮尔斯女子学校毕业并且失去了在公共图书馆的工作之后,劳拉就停止了她帕斯捷尔纳克风格的小说创作,转而把精力放在了绘画上。她去卢顿现代学校与技术学院学习艺术。卢顿现代学校后来升格成了贝德福德大学,但是在当时,它仍旧是一所职业中专。劳拉每天的学习是辛苦而繁忙的。她忘掉了剑桥的E,热切地爱上了她看不见鼻子的蚀刻画老师:

> 斯图尔特先生的艺术、性情和学识是多么独特啊!如果我死了,我的日记如果不留给E,那就留给斯图尔特先生吧。

> 如此的热忱、知性和充满激情!假如我的家人知道我把这些宝贵的日记遗赠给一个陌生人,他们该有多惊讶啊!但这是一个关于灵魂的问题……

> 仍然不知道他的鼻子长什么样。

第一堂课之后的那天夜里,她十分兴奋地睡了一个"艺术家式的觉,这睡眠仅仅是意识的一种暂停……斯图尔特先生真是一个宝贝啊!(他是斯图尔特先生呢,还是马林先生?)"

在1960年代的日记里,劳拉使用一种私密方法来表达"性爱":"色感"。E有"色感"。八月,她在剑桥看了由让·阿努伊导演的电影《云雀》,里面饰演主教的那位男演员有"色感"。约翰·吉尔古德"非常有色感"。

"色"或许让人联想到各种粗俗的词语,但是"色感"却不色情。劳拉并不忸怩作态。当她想记录下她关于性的想法时(经常出现),她会突然欣喜若狂:

I am a sexy one!

  我这个人还挺性感!

"色感"表现的是一些哭哭啼啼、高颧骨、被误解的男人在租来的四面漏风的房子里准备自杀。"色感"插入的是精神,而不是肉体。它不是阴道感,也不是阴茎感;这个词表明的是灵魂的纯净。

没有鼻子的斯图尔特先生很有"色感"。她希望斯图尔特先生死于痨病。但即便她也能看出来,这有点儿太凯瑟琳·曼斯菲尔德(她最喜欢的作家之一)了,所以她狠下心来,干脆就称其为肺结核:

> 能想象出来他正在患有肺结核——他的面部已经变得虚无缥缈,眼睛过于明亮和亢奋。能清晰地看到他在宽敞、昏暗的工作室里绘画,因创作而孤独、饥饿、激动、炽热。不知道他有没有结婚,希望他还没有。他就是阁楼里的天才,或者是奄奄一息

的诗人。

你不能和一个面部正在消失的男人做任何色情的事情。你"坐在沙发上，背倚靠在他身上，头枕在他肩上，也许只是偶尔谈论一些深刻的事情"。

和有色感的男人在一起，重点是在情感上的接受，而且要远离裤子上的纽扣。她贪恋那种不能压抑性欲的男子，但是这个男人的欲望应该是隐喻性质的（比如对某种艺术形式怀有狂热的激情，"对生活有贪恋"），或者寓言式的（比如，偏头痛、肺结核）。她并不刻意要求是哪种；她只想让他孤立无援，然后被欲望击倒。总之要摧毁他的镇定自若。

但是那天晚上，在她上完了斯图尔特先生/马林先生的课之后，出了点儿差错。劳拉在梦里梦错了人：根本不是那个缺少鼻子的什么人，而是教写生课的芬奇先生，真是大相径庭。芬奇先生浑身上下没有任何虚无缥缈之感。他"体格非常健壮。完美的男人身材——很阳刚、很有男子气概"，"一双好看、很稳、有力的男人的手，表明心智稳健"。

劳拉关于芬奇先生的梦并非"色感"，而是"怪异的美感"。

第二天早上，她双颊绯红，竟然在食堂里见到了芬奇先生，他在往腊肉片和菠萝片上抹土豆泥。

"他有什么魅力，"她边自言自语，边快速地走过他身边，到水罐处去取水，"非常乏味。"

一个星期之后，劳拉的欲望达到了顶点。她的思绪再次转到了那位没有鼻子的先生；她的下半身再次渴望着芬奇先生。"好棒的一天啊！"她俯身在她蓝色的柯林斯"皇家日记本"前，喘着粗气说，呼吸仍然没有调匀。这个日记本的壳封由于翻动过频而起了毛，所以才有了种毛毡质地。"觉得我发现了关于性爱之谜的某些答案——令人兴奋。"

······～······

正在写生时，芬奇先生过来，紧挨着坐在了我身后——事实上，他离我太近了，前胸紧紧地贴着我后背，还伸出手臂，用绘画来解释他要说的话。

这时，一件奇怪的事情发生了——就在那个强壮、和善、稳健的男人将身体紧紧地贴着我的时候，我浑身上下感觉到了一种奇妙的、痒痒的、刺痛的、深深的快感——也许尤其是在我肚子的下方部位，不过其他部位也有同样的感觉。稍微有那么一丝不舒服，好像有人或者有东西在我的身体里搔我的痒——但是它的奇妙感却超越了一切，这是身体里全新的一种感觉。

这是一种令人兴奋的惊喜——这就是性爱吗？

"我体验过的那种感觉难道就是医学书籍上所说的'性高潮'吗？"她后来补充说。这一时期，她经常溜进书店去偷偷翻阅这方面的教科书，以便理解生命的意义。"不过，如果高潮也包括分泌物的话，那次没有。"在一次从书店回来之后，她这样写道。

如果这就是性，那么这里的奥秘就被我揭开了一点儿，也许与男人"上床"这种说法并不像我以前所想的那样愚蠢——如果感觉是那样，真的不愚蠢。

有人或许会认为，那种感觉只不过是想象——但是我的生命经历让我怀疑这种观点——首先，这是一种强烈的、确切的身体感觉……觉得这一定是人性普遍的一部分——是迄今为止不被理解的肉欲。

然而劳拉并不草率。她知道她得小心翼翼才能不因这种身体倚靠的事件而难以自持。她写道（几乎可以用任何语气来解读这句话，比如谨小慎微或倦怠淫邪），"你会一步一步地变得越来越投入，而根本没有注意到——所以，我猜，就出现了私生子。"

这件事情说来也怪，尽管她认为芬奇先生"很美"，可她并不觉得他有吸引力。引起她心中涟漪的是他的这种男人气质。这让她又想到了另一件"奇事"："我的脑子里不掺杂任何关于他的兴奋，我的身体却怎么知道这是一个男人在倚靠着我的后背呢？ 为什么当一个男人在贴着你的时候，你会有这种感觉，而别的什么东西，比如公共汽车上的椅背，不会让你有这种感觉呢？"

在这段关于肉欲的描述之后，这一页日记上出现了罕有的四分之三英寸的空白。也许这表明她的思维出现了暂停。也许这是一个快乐的跨越。

下一句是这样开始的："只想芬奇先生继续紧靠着我……"

劳拉把这位可爱的斯图尔特先生的名字弄错了。他也不叫马林先生：他的名字是 J. 斯特杰斯。她在卢顿与 J. 斯特杰斯调情的两年中，根本没有发现这个 J 字母代表什么。根据大厅里的课程表，他就是"J. 斯特杰斯"；她吹着口哨徘徊在走廊里，等着四下无人时，就迅速地溜进老师的办公室去查看那里的留言板，他的名字依然是"J. 斯特杰斯"；从他上锁的办公桌桌面的缝隙，潜进抽屉里一缕阳光，（如果你蹲下身来）借着它，恰巧可以辨认出名牌上写着"J. 斯特杰斯"。那个像鱼钩似的字母代表什么呢？ 詹姆斯？ 杰弗里？ 朱尼奥尔？ 她从来没有问过。

因为他具有这么多让人看不见的特征，我曾想过J.斯特杰斯并不存在。但是这种想法不对。他是真实的。上个星期我收到了他的一封邮件。他还活着，仍然是一位画家，他仅是通过他妻子的账户给予答复，不想和我有任何关系。

  我来卢顿工作的时间较短，还记不住学生。很抱歉，我帮不了你。

每个星期二，斯特杰斯先生都骑着摩托车于下午5：30出现在卢顿学院，逗留整整六十分钟，然后就赶快离开，似乎对于他来说，这已经有点儿超负荷了。

劳拉带来了几个"吸引注意力的道具"来俘获他。其中一个是洛特·雷妮格的剪影《天鹅湖》的复制品。

就这些暗含自己不良居心的卷成纸卷的剪影，她赶快征求了斯特杰斯先生的意见，"这样我就能够看到他那漂亮的眼睛，听他说话，对

我态度温柔。他确实说了话。"

他说这些剪影"不是艺术"。

劳拉陶醉了。在她和班里一群小阿飞们的共同怂恿下,斯特杰斯先生不得不给他们讲了一番艺术的真谛:

> 他谈到了 E 所谈过的、追求你不可能得到的东西——他将其描述为"极度痛苦"。他的性情极容易激动——变得非常气

恼——一句无足轻重的评论就可以让他"爆炸",发怒,犹如火山爆发!多么富有激情!他真是棒极了!我用心灵之眼看到了他在画室里哭泣,因为他得不到他所追求的东西——就是他谈到的那种"极度痛苦"。

劳拉开始"得意忘形了,把内心的想法一吐为快。我是全班智商最高、最有修养的学生……"

"他说的某些事情我感到很是茫然",她不服气地承认,但是"我比其他任何人都更理解他——他们提的问题都太愚蠢了——当他们都过来听讲,喘着粗气,目瞪口呆时,气氛一下子就变了,魔力圈被打破,砰的一声掉回地上——'您的画卖多少钱啊,先生'"。

在卢顿学院的一学年即将结束时,生活十分美好。劳拉获得了去

当年劳拉就读的卢顿技术学院。
"学校设计得很像'一排倒塌的玉米片盒子'。"世界文化遗址基金会英国分部前负责人乔纳森·福伊尔博士写道。
(弗朗西斯·弗里斯博物馆版权所有)

坎伯韦尔艺术学院学习插图艺术的机会。她和斯特杰斯已经成为朋友。她在学校的最后一天,特意为他穿上了自己最喜欢的条纹套装。他们一起走出教室,来到停车场话别。

"骑车注意点儿,天才更应该小心。"斯特杰斯踩下了油门之后,劳拉喊道。他的脸在头盔下"显得既年轻又消瘦"。"如果你想吃一顿免费午餐,来伦敦看我吧!"

"我会好好利用这个机会的。"他大声回应,仍然没有露出鼻子。

此时斯特杰斯27岁,已结婚两年,是素食主义者("我和他的口味太一致了,这真棒!"),他就像"教务长办公室里的一个封好的邮包一样",嗖地就绝尘而去。

20

多么奇怪的安排

> 今天尤其憎恨学院。我的游乐场画作他们才给我42分。写生才给我43分。
>
> {22岁}

"埃利斯先生

roared

"冲我吼了。
"我真的很害怕这个人,他块头

big

"太大了,太

coarse

"粗鲁了

violent

"太暴力了。"

1961年7月14日。精装袖珍笔记本，包装纸封面。胶水过性了。内文有无数处痛苦的迹象：删除线不少，字行倾斜，字母飘忽。最后一页的几句话突然间变小了，而且还往回写，这表明劳拉没有注意到这本日记这么快就用完了，就密密麻麻地疯狂地写，以免写不下，当地方不够用时，就从桌边随意抓来些散页，好在最后将这个可怕的故事写完，然后又不得不跳进下一本日记中。封底内夹着七张折叠起来的附加页。

这本日记的开头很是欢快。开篇写的是劳拉在卢顿艺术学院的最后一天。一个星期之后，她出发去利物浦。她在威勒尔的一个家庭找到了一份为期两个月的暑期工作，身兼管家和厨娘；简单收拾下房子，一天做两顿饭。她是在《淑女》杂志上看到这则广告的。

但是从一开始，这次安排就有某种令人不安的因素。就连穿越奔宁山的北上之行也令人窒息："令人惊叹的风景，如此巨大的高度差"，如此"深邃——高耸的悬崖式山峰，树木茂盛的峭壁"；火车将她吸进隧道，喷进山峰之下穿行，吐进新的峡谷；外部的世界"制服了我，让我患上了幽闭恐惧症"，天空"白光耀眼，太阳高悬穿顶"。

在利物浦火车站，来接她的人并不是本应前来的雇主埃利斯先生，而是一个神秘的"女模特"，一个"很美丽、非常友善、没有化妆的"西班牙女郎。这位年轻的女性似乎不会讲英语，因此就默不作声地载着她穿过默西隧道（"真是了不起的工程——从隧道里出来如释重负"）。劳拉弄不懂为什么前任雇员毫无预兆地突然离开。埃利斯先生从众多的竞聘者当中选择了劳拉这并非没有理由，因为她从前做过家政服务，而且她还有前几位雇主写的推荐信。可是难道本地没有想工作的女孩儿吗？为什么要从160英里以外的地方找一个人呢？

"女模特"仍旧一句话不说地开着车。

《淑女》杂志上的广告一直可靠吗？

劳拉对这座庄园的描述是这样的："被广阔、空荡、开放的沙滩所环绕"，沙滩缓缓向下，边缘是一道"薄薄的蓝色刀刃"。满潮时，海水直接漫到墙上，劳拉感觉这所房子犹如"漂浮在了水面上"。她写道，"这所房子刮起风来像是在闹鬼。"

原来埃利斯先生是一个"非常'矮小的'的人，很自负，很自鸣得意"。他"缺乏男人的那种和蔼可亲的风度"。他那位"有点儿怪怪的"的夫人声称自己是服装设计师和画家；让劳拉感到惊讶的是，她并没有立即显示出要和劳拉友善相处的态度。"她对一位艺术家同行没有感情，不感兴趣，这令人难以置信。"

两年前，在我女儿的受洗仪式上，一位我从前的老师约翰·罗杰斯（神学家以及《基础圣经》一书的作者）发表了一篇演讲。他认为，对三位一体的解答方法应该是，根本就没有三位一体，而是两个半一体。约翰解释说，圣父与圣子是名词（他对于自己的这一观点十分陶醉，说着说着就离开诵经台走向了过道），但圣灵却是一个动词；它是圣父与圣子的"相交行为"。

劳拉刚离开 J. 斯特杰斯和那几位"紧贴人后背的"绘画老师，并且刚刚发现了性爱，她在这本1961年的日记里以同样的精神信奉艺术：艺术就是艺术家与本质的"相交行为"。

面颊上焕发着同样的艺术之光的两个人彼此应该能够认出对方，这是毫无疑问的吧？劳拉边想着，边跟在埃利斯夫人的后面，去看自己的房间。她在思忖，埃利斯夫人会不会是个假的呢？"长得有些一般"，根本不像什么设计师。

"好吧，我来到了一个奇怪的环境里！"那天晚上她写道，脸埋进枕头里。她住的这个房间有一扇飘窗，向外能够看到沙滩和月光点缀的海面；家具带着"各种花里胡哨的花边装饰，却没有地方放置任何东西，甚至没有我放毛巾的地方"。尽管这是一份临时性的、低薪水的、半技术性的家政工作，但是她却能睡在一张四柱床上。

6月25日，星期日

在这里的第一个整天——多么奇怪的工作啊，我什么也不需要做——到目前为止，有点儿像是客人。昨晚睡得很晚——太饿了，到食品柜寻觅了一番，可是仍然没有挡住饥饿感。今天早上照旧，能抓到什么就吃什么。

6月26日，星期一

很喜欢这张又大又舒服的四柱床。当大海漫过广阔的绵延数英里的沙滩（今天晚上就是这样），潮水几乎涨到了窗边，茫茫大海，怒浪滔天，真喜欢这种场面。日落时分，天空微绿澄澈；明亮的余晖透过暗涌的乌云照在海上。岩石边的一汪汪水中，贝壳闪着光，清澈的水面因阵阵风吹泛起涟漪。

6月29日，星期四

极其快乐的一天，真的喜爱这里，一切都是那么美好……能够感受到一种无忧无虑、无灾无难的幸福真是太好了；对于我来说，今年夏天的一切都十分顺利；这个夏天没有心灵的冲突，这真的非同寻常。我享受青春、健康和天赋，对微笑的世界报以微笑。

6月30日，星期五

仍然弄不懂埃利斯先生一家人。

7月1日，星期六

繁忙的一天；这份工作没有我想象的那么简单，要记住那么多事情。本迪克斯牌洗衣机我根本不会弄，对洗衣房也不熟悉。熨烫衣服也不熟练。今天上午，埃利斯夫人付给了我七英镑（其中两英镑是报销我来时的路费）。这一小笔钱让我好开心！

7月2日，星期日

今天的活儿很多。希望埃利斯夫妇对我满意。下午拿了一本关于芭蕾的书到沙滩上看——很有内涵、很感性的享受。海面波光粼粼，令人兴奋；今天风很大、很冷。夜晚，大海从视线中消失，只见沙滩广袤，令人惊叹，而在月亮那另一个星球上，表面灰白，有一片片沙洲和一个个积水的陨石坑。

7月3日，星期一

感觉极其幸福，就像恋爱般了那么幸福。不明白我为什么会这么幸福，真的有些消受不起，感觉惴惴不安。

我不愿意我的四柱床被收回，尽管埃利斯夫人已经给出了暗示，但是事情还没有发生，不过她还是很包容的，我在他们的客房里已经多住了两天。

7月4日，星期二

埃利斯先生不太通情达理，总是看我不做什么，而不是看我<u>做了</u>什么……

7月5日，星期三

犯了一个极其滑稽且又严重的错误——将羊胸肉喂狗了！以为那块肉又柴又老，不适合做炖菜了。尽管发现了这是一个错误，但是仍感觉非常滑稽，讲给谁听都会笑好一阵子的。

有些疲惫，所以做起工作来就不那么过分努力了。在洗衣房用手洗衣服真是累人，真该把这些脏衣服都放进洗衣机里。

还没有被赶出我的四柱床！

7月9日，星期日

夜里肚子好难受——肚子鼓鼓的，阵阵痉挛疼痛；生孩子是否也是这种感觉呢？一定是吃生菜吃的，或者就是吃多了。

我晚间散步时，埃利斯夫妇回来了。觉得他们很讨厌。埃利斯先生指责我把培根都吃了；我怎么知道那该死的东西跑哪里去了呢？能够听到埃利斯先生告诉埃利斯夫人……

7月11日，星期二

今天我大吃一惊——埃利斯夫妇把我解雇了。我感觉悲从天降，深深地受到了伤害。做梦也没有想到，就连做一个<u>临时性</u>工作我也能被解雇，我一定是做得很差；可是这绝不可能啊，我做的饭我自己是很喜欢吃的。

7月12日，星期三

连个工作都保不住的人究竟是怎样的一个人啊？我这可是<u>第三次</u>被解雇了。

今天埃利斯先生尤其爱发号施令，令人讨厌，把我正在烤的牛排也接管过去了。我尽量掩饰我的紧张，掩饰我不成熟的自卑情结，但是他让我好苦恼。更令我心伤的是，他拎来一大袋豌豆"让我下午剥"。我笑了，同时也哭了。

7月13日,星期四

可怕的一天;随着这一天的流逝,一件接一件的事情证明我做得不好。变得愈加生气和霸道。认为他们是可怕的野蛮人。但是也许在埃利斯夫妇的家里,我也太不把自己当外人了,这给我带来了不利的影响;大部分蛋糕都被我吃了,食品柜里其他的东西我也没有放过,他们多次让我搬出客房之后,我仍旧按兵不动,在浴室里使用他们的香皂,洗衣机还得埃利斯先生亲自来摆弄,我每天喝很多酒,把他们的自行车放在了雨中,电熨斗的插头坏了……

7月14日,星期五

今天早上彻底睡过了头,没有听见闹钟,差一刻八点才醒来。简直丢死人了,得穿着睡衣战战兢兢地忙忙碌碌。一切都乱糟糟的,昨晚上埃利斯一家派对之后还没有时间收拾。我太自甘堕落了……

今天上午,担心埃利斯先生会揍我。

hit me

7月15日,星期六

蒙受奇耻大辱后,离开了埃利斯夫妇的家。

21

噢，光辉的火焰！

> 我很快就能与火焰对话了吗？
>
> 〔22岁〕

就这样，劳拉一下子就进入了成年人生活。她将再尝试另一份家政工作。这次依然没有成功。她在厨房里是成事不足败事有余。她考虑再试试这样的工作，这本身就是荒诞至极了。她在自己家里是出了名的笨手笨脚，人人都避之不及的火药桶。但是她最终有了归宿：她来到了伦敦，在坎伯韦尔艺术学院获得了一项很著名的奖学金——这样，我们就来到了蒂朵给我这些日记的第一天，我拿出的那本封面是可以洗涤的人造革的黑色廉价笔记本——就是那本日记宣布了<u>那项必须要完成的伟大项目</u>！！

在1960年代早期，坎伯韦尔艺术学院的学生们一毕业就去当演员、模特、时装界权威、雕塑家、画家、陶瓷艺术家、动画设计师、钢琴家、出版人、纺织品设计师和平克·弗洛伊德摇滚乐队的主吉他手。学习插图的劳拉也不例外，她也随着人潮涌动：

> 对水晶宫仍然激动万分！仍然不敢相信，他们喜欢的海报竟然是<u>我</u>制作的，被选中的海报是我制作的，我制作的，我制作的！！

"艺术家是最高度发达的人类，"她宣称，"知识分子则次之。"她再也不想做一名学者；她憎恨科学；她终于明白了 E 说"工作、工作、工作"是什么意思。这项工作必须"充满和主宰我的灵魂"。"我必须继续这种我终于进入了的挨饿的生活——只能吃一块三明治的漫长的、埋头苦干数小时的生活。"她吞咽有困难，是因为她是天才。"一个人越有天赋，需要付出的代价就会越重……这些事情艺术家必须要经受。世人并不知道这些事情，并不能像我一样，从内在看一位艺术家。"

> 大提琴演奏家保罗·托特里埃的神经经受的是何种折磨啊！他连一分钟都停不下来——脸上的表情抽动，身上的肌肉抽搐！多旺盛的甲状腺激素啊！

劳拉觉得自己的才能不如托特里埃，这让她很高兴。"由于我的天赋，我已然经历了足够的痛苦……有了天赋你就不会孤独，一分钟也不会释然，直到你筋疲力尽。"但是她并不柔弱。"尽管我是一个温柔、过于敏感的人，但是我真的属于那种职业女孩儿类型，绝不是那种恋家型；有一定的教养。我有抱负，想取得成就，想为社区做贡献；渴望人们欣赏并感觉到我的价值……我的作品必须要有名气，必须要给别人带来愉悦。——尽管我的作品很新颖，但是它并不排外，外行人也能看懂。"

> 今天在路对面，站在一幅由人字梯、木板和绳子临时搭建的画板前，我进行了创作。自得其乐，并且吸引了许多本地人的兴趣。

"噢，想象世界里光辉的火焰！"

22

我被困在这个房间里21年了……

> 能够看到我将来要成为的众多形象被毁了——
> (1) 名人,一位优秀作家,可能还是位名作家;
> (2) 比较成功的正常人;
> (3) 一名孤独的、怨怼的老处女,没有人喜欢我,在生活中一事无成——任何梦想和愿望都没有实现。
>
> 〔*18*岁〕

"到明年2月,我就被困在这个房间里整整21年了。这跟我父母把我养大的时间——我整个童年和少年时代,再加上一点儿时间等长了。我21岁生日时,我们去了贝德福德主街的一家商店,我选择了那台无线电收音机。"

有可能解释了这台收音机重要性的那本日记,并不在理查德和蒂朵从废料箱里抢救出来的那堆里,在1994年她写这段话之前或者之后,劳拉再也没有提及这件事情。

从皇家免费医院肿瘤部看望蒂朵之后在回来的路上,我试着用其他词汇来代替"无线电收音机"这个词。

"我21岁生日时,我们去了贝德福德主街的一家商店,我选择了那个锤子和钉子"。那个"葡萄柚"。那个"毛绒玩具兔子"。那只"鸡"。我每次替换这件东西时,脑子里关于那类商店和店内陈设的形象也相应地有了改变,但是劳拉脸上的表情始终如一。尽管那个时候她已经21岁,已然是高个子成年人,但是在我的脑子里,她仍是一个14岁的女孩儿,眼波顾盼,犹豫不决,伸手取下她要的礼物。站在她身后的便是她的母亲。离她稍微远些的父亲显得笨拙且自负,大腹便便,鼻子肥大。尽管我觉得我更了解她母亲,可是她母亲的形象却模糊不清——她是一个俯下身的幽灵,而不是人。

现代词汇也屡试不爽。我试了试"平板电脑"。犹如刺破那些飘浮在空中的肥皂泡一样,劳拉伸出了她14岁少女的纤纤玉指,够向未来五十年之后商店的一个货架。在我的脑海里,有某种东西确定她外形是成年人,心智却仍然是个孩子。这孩子并不讨人喜欢,有点儿令人生厌。这种类型的人我认识好几个:行事如男孩儿的老太太;12岁的成年男性。他们是一群注入老年人体内的孩子。他们的肉体已经老化,大脑却出现了滞后。

我又试了试"氟二氧嘧啶(5FU)",这家好心的医院正在给蒂朵注射的三种毒物中就有它。这种毒药其实作用不大,也就是(事实将证明)将肿瘤硬化、杀死她的大脑细胞,致使她不能写作,不能思考,不能看书,不能编辑,大小便失禁只能垫尿布,床边得放一个紫色的"真有用"塑料箱,每个小时往里面呕吐两次。

到1994年,劳拉已经55岁,濒临自杀,但是在她的牢骚中出现了尖酸、刻薄的口吻。这就像听交通的噪声:令人烦恼,却又给人些许安抚,因为你最好的朋友此刻正在被疾病和医疗界的残暴所折磨。

假如我有一丝的怜悯或者勇气,我就会用枪打死蒂朵。可是我连一丝的怜悯也没有。

我反身又看劳拉的日记。

在劳拉晚年被"监禁"（监禁她的地方或许是一所精神病院，看守是那个叫彼得的男子，也许并非如此）的二十年中，她并非完全没有自由。她可以离开房间和整栋房子；但是到这一天结束时，她又回到了自己的床上。她获准参加父亲的葬礼，看望母亲（她母亲和众多的剑桥大学毕业生一样，在自己的母校格顿学院附近落叶归根，终了一生），买食品和衣物，下午去看一场电影。她"嘎吱嘎吱地"骑着自行车去希斯顿路上的消费者合作社购买：

> 一捆50便士、快要烂掉的豆瓣菜；
> 即食炖肝，"为了安全起见"，她煮后食用；
> 七颗菜花；
> 15便士的低脂蒜酱（"不算太好，但也不算太坏"）；
> 一截瑞典芜菁的"残余之身"；
> 五枚猕猴桃，她在一辆推车里发现了这盒猕猴桃，那是商店准备要扔掉的，商店收款员坚持说那东西如果卖可是违法的；但还是收了她10便士。

她买了一点儿斯蒂尔顿奶酪，发现里面有蛆虫，这才亮出了底线，将奶酪拿回商店投诉。"如果有一条蛆虫也就算了，可是里面有好几条呢。"

有一次，她在市场上买到了便宜货之后，很是得意扬扬，那是罗莎蒙德·皮尔彻的书，我们发现，尽管劳拉憎恶彼得，但是她对他却有些色色的想法：

> 这个故事有点儿让我难以置信。因为我了解彼得，他令人厌恶，气味难闻，等等。这个故事一点儿也不浪漫——这个女人一大早就端着茶走进了这个男人的卧室，然后他们就做爱。似乎

人们就喜欢这样，一大早就迫不及待。

难道她患上了轻微的斯德哥尔摩综合征吗？难道人质竟然爱上了劫匪吗？

有理由认为她可能在一家精神病院里。笔相学家的话表明她可能患有疯狂一类的精神疾病。私家侦探文斯猜测，劳拉笔迹的尺寸就是一种被监禁的隐喻。劳拉在患有恐惧症的日子里，认为自己的精神可能彻底失常了。如果她被关在了一所监狱里，那一定是一所 D 级低戒备监狱，她至少已经服四分之一刑期，因为只有这时，犯人才能获准进入社区。但是我可以断言，如果这些日记是出于一个疯女人或者一个罪犯之手，那么她所被监禁的地方离理查德和蒂朵发现这些日记本的地方会很远。那个社区的工艺美术馆的房屋都是为学术界翘楚专用的，如系主任、退休的大学副校长、早年在计算机领域发家的老一代千万富翁。作家维特根斯坦去世时所在的那所位于街角的房子被喜庆地称作"斯托里路终端"。这些相隔甚远的房子座座都占地很大，且由寂静的橡树林围绕，气势堪比国家级档案馆。这里没有监狱，至少没有政府监狱。

斯托里路两侧的房子都隐身在灌木的后面。

这里的居民都不谙世故。

私立监狱的看守如果想让当地居民相信，一个中年妇女的呼救声是没什么了不起的事情，那会是轻而易举的。你可以说，你刚才听到的声音是我在听的盘式磁带上鹩哥叫声的录音。那是尼科巴群岛上著名的"会说话的鸟"。

然后，你就可以慢慢溜达回去，在路上还顺手固定一下某截大丽花桩，回房间之后，再把你的囚犯拖进一间更隐秘的暗室里去。

几年之后，关于彼得的一些细小、可疑的细节浮出了水面。他酷爱切成片的葡萄柚。瓶子里的牛奶他从来不喝完。小便之后他从来不洗手。他富有而不张扬，却没有情调，花钱根本没有什么花样——他曾经将价值三万英镑的集邮册藏在了花园的一个洞里，却忘记了洞的位置。他再也没有找到这些带有黏胶的小纸片。和那位将自己的女儿囚禁在自家地窖里长达24年之久的奥地利人约瑟夫·弗里茨一样，彼得的职业也是电机工程师。他割草时狠得要命。

在我的想象中，彼得身材不高，但是精力充沛，脚有些跛，走路时手臂会突然甩得很高，犹如在内心将那些大丽花脑袋砍掉一样。当他割草时，随着他扭动方向盘的动作，他的指关节会发白。我看到他绕着梨树转了一圈，引擎盖上放着一瓶刚打开的葡萄柚罐头（他喜欢大瓶装，够12人份），又穿越篝火的烟雾继续割草。

但是彼得的形象从来没有清晰过。就连他的名字在纸上突然出现又突然消失的方式都让人有一种鬼鬼祟祟的感觉。你从来看不到他具体在做什么事情；他要不在5分钟之前就做完了，要不就12小时之后再做一遍。这产生了一种奇怪的效果：正如我们意识到了他的存在一样，他似乎也意识到了我们的存在，因此他就把自己的劣迹一直掩饰到我们翻到下一页的时候。当我们翻开下一页，重新聚焦再次开始阅读时，却为时已晚：割草机已经回归原处，又一袋子劳拉的照片和活页乐谱已经在园子里的篝火上噼啪作响了。

根据这些日记可分析出，他七十出头，身家介于500万到1200万英镑之间。

她并非他的囚犯。

她是住在他家里的女管家。

天底下工作那么多，然而这个生活习惯紊乱、爱幻想、不切实际、厨艺不精、有艺术天赋却很势利的劳拉，怎么做上这份工作的呢？在威勒尔那次糟糕的境遇之后，到底是什么让她想到申请这份工作的呢？正是为了逃避这种工作，她才跑到坎伯韦尔的啊。为一位单身教授管理家务并住在他家，这属于十九世纪的家政情形。她为他做晚饭，给他洗衣服，替他购物，给他打扫屋子。她有时候还帮他收拾花园；他们经常在一起吃饭，甚至有时候还一起吃早饭。正如她经常指出的那样，她就是他的妻子——没有性生活的妻子（"谢天谢地"）。

后来的那些封面色彩鲜艳的日记本中，她一直在强烈地抗议这种过于紧密的生活。当彼得出门时（这种时候不够多），她就在他客厅的大钢琴上弹奏莫扎特和贝多芬的曲子，并且为自己荒废的人生而哭泣。有一次，在平安夜去合作社购物时，她看到他的自行车靠在窗边：

> 我忍不住推了一下自行车筐——反正车筐已经开始散架了——我就顺势将车筐边儿给推进去了。我希望那混蛋往家驮东西时麻烦些，可是他却远在我回来之前就到家了，一定是偷溜回家的……

因为她急于破坏他的自行车，所以她忘记了在合作社里给自己买东西，结果那年的圣诞节，她只能用"一盒炖火鸡"来庆祝节日。还有一次，她砸了他的家具：

> 我过度的紧张情绪表明，我在这里根本不幸福——但是我又受不了离开——一想到其他工作，或者回家，心情就更糟糕。我太缺乏责任心了，我开始砸这里的东西——那天，我还把彼得的椅子砸成了碎片。我还抡起拨火棍，砸其他的东西——真希望我手里有一把斧子……我甚至都不是彼得这个人的妻子——什么也不是，就是一个管理家务的，却砸坏了他的财产！

那篇日记覆盖的时间是不眠不休的24个小时，叙述长达30页。

昨天晚上当地报纸刊登了一篇关于低工资的文章——我惊讶地发现，我的工资太落后了——就连女性做普通的工作也挣钱很多很多啊；男性一个星期所赚的钱够我赚一个月的了。

她为什么选择了这份工作呢？已故的日记作家从来没有说过，但是对于我来说，这个解释很清楚。我将责任归咎于字母 E。

23

E是谁?

> E认为我是人类,这让我受宠若惊。
>
> {21岁}

劳拉直到30岁的时候,才14岁;到40岁的时候,又60岁了,然后从那时起,她就在客房里过上了比较舒适的生活。

这种奇特的年龄变化的原因就在E身上。

E第一次突然出现在日记中时,是劳拉在公共图书馆打工的时候,但是他们的第一次见面是在六年前。劳拉14岁,还没有搬到怀特菲尔德庄园,也没有到皮尔斯女子学校读书。记载这个时期的是日记本中年代最久远的一本,是日期为1952年的学校练习册,本子的中心对页有三张可怕的素描图,画的是一个女孩儿瘫在一架钢琴的键盘上,显然很是绝望。练习册后面的数页被刀片割掉了。劳拉仍然与父母("没有探索精神—— 寻求真理对于他们来说就是一个盲区")一起住在都铎村舍里。

E是作为钢琴教师来到这所房子的。

他乐于助人,善解人意,有趣,自以为是,水平(他说)足以去音乐会演奏,不负责任得近乎荒诞。他竟让一个小女孩儿将他吹捧得没边儿。

E用水桶来看待世界 —— 这是我的解读。一人一桶。桶里的内容由个人天赋、社会责任和刻苦工作组成。普通人没有天赋，没有许多责任，一生只关心如何活着；这种人的生活境界永远不会超越水桶四分之一的部分。伟大艺术家的水桶是满满的。而且，他的天才在少年时代就已显露出来，他工作起来就像苦役那样，他的社会职责就是创造艺术。反过来，社会的责任是接受并鼓励艺术家，不用刻意去在意已经过满的水桶偶尔溅出来所带来的脏乱和麻烦。E就是这类水桶的一个典范。他相当有天赋（会弹钢琴，发表过那些诗）；他的天才很早就显露了出来；工作起来也极为刻苦。但是就他而言，社会却没有为他鼓掌。他的桶并没有得到认可。他将很快变成一桶怨恨。

科学家不值得考虑。没人在意他们的桶里装了什么。

劳拉的桶装了一半。当我们第一次正式见她时（1958年在公共图书馆打工时），她仍然需要成年人来指导；她或许发现了自己的天才（写作——尽管也许是绘画，或者也许是交响乐，但也可能是作词并很可能是歌剧），而且，正如E以极为慷慨热心的态度所指出的那样，尽管已经19岁了，她仍然愚蠢笨拙，那么大的个子竟然站不直。正因为如此，他才将自己的水桶腮帮子鼓起来，用一系列"E的箴言"来打击她：

> E不欣赏我的新款手提包。
> E责备我穿衣服没有品位。
> E说，整体而言，男人厨艺比女人好。
> E说："是的，是很苦。"

劳拉之所以离开卢顿她父母的家，前往剑桥去读皮尔斯女子学校，是因为E在那里谋得了一份课外音乐老师的工作。劳拉的学习专注力不足以去读皮尔斯女子学校；她父母无力送她去皮尔斯女子学校读书；

她没有理由去皮尔斯女子学校读书；然而劳拉却决心去皮尔斯女子学校读书，因此她就去成了皮尔斯女子学校。这也许是劳拉一生中最后一次表现出了强大的决心。

劳拉经常提到 E 是来自柏林或者维也纳（其实是伯恩）的犹太人。中年时她承认，她之所以那么喜欢在电视上看环法自行车赛，是因为她认为其中的一名赛车手一定与 E 有亲属关系。那位运动员的名字是博比·朱利奇。

因此，E 就是 E.朱利奇。

在剑桥，他住在这里：

信不信由你，这可是一座二级文物建筑。有时候劳拉晚上去 E 那里时，她无法看清他具体坐在这套公寓房宽敞房间里的什么地方，因为他总怕浪费电。劳拉只得在半明半暗中摸索。她知道他在某个地方，她能感觉到他在看着她。她能够模糊地看见大钢琴的黑影，能够感觉到用脆报纸覆盖着的桌椅的边缘，但是房间里唯一的光线却来自屋外树后的路灯，以及路过此处的往返于火车站的公共汽车。然而，E从来都隐藏不了多久。即使在黑暗中，他的邪恶仍是毒光熠熠。

  E说我是"蠢驴"。
  E说我愚笨。
  E说我14岁[写这条的时候她已经20岁]。我还不够成熟。
  E说因为我被强奸过，所以我不该住在伦敦。
  E说我各方面都很弱。
  E不停地说我是一个弱者。E说，生活里没有这种人的位置，这些弱者应该被绞死。

劳拉为什么要爱上这个糟糕的男人呢？尽管后来她对自己的这种逆来顺受感到惊讶，但是在1950年代晚期和1960年代早期，她确实认为E的重要性超过了她自己。劳拉就是E所操控的机器人；劳拉就是E所塑造的行尸走肉。

  意识到我就是E旁边的一个死人。

即使冒着对此事的批评过于文绉绉这样的风险，我也将E比作E和"我"的混合体。
  假如劳拉的绝对顺从没有和性爱混在一起就好了！

  E对我说，我关于钱的想法很愚蠢。
  感觉E就是因为我的错误而爱我。

E说,"你说的事情我简直不能再听了,太愚蠢了。"

爱E爱到疯狂,因为E太有爱心、太善解人意、太有色感、太甜了! 为极度喜欢E而拥抱我自己吧。

E将手放在我的手臂上,严肃地告诉我,给我的忠告已经够多,真心希望我能够听进去,晚安。

昨晚梦到和E性爱,我想到了和E在床上亲吻,那种"性"质醒来之后也挥之不去,觉得我比平时更想要E。

E说电梯很少出麻烦。

我还有一种E非常正确的感觉。劳拉30岁之前,一直都是一个神经质、爱使性子、懒惰、患有妄想症的女孩儿,除了那几年在坎伯韦尔学校之外,她从来不坐下来工作:

E说我的智力不足以上大学。E并不相信我所谓的那些天赋,甚至认为我连写作的天赋也没有。

E说的话太难听了。我都不知道我还能不能工作。

E(绝望地用双手抱头)说,"我不知道。"

那些上学时"英语很好"的人有一种敏感的自我意识,可是这种意识在劳拉的身上却几乎演变成了精神失常。即使E没有点破,劳拉对自己艺术自我的这种空洞的崇拜,也足以说明她为什么会失败。

14岁时的劳拉,是那种典型的喜爱艺术并想在艺术方面有所造诣的女生,而且在写作和绘画方面很好(有时候非常好),钢琴弹得也不错。这时出现了E.朱利奇,这位潜在的钢琴演奏家将劳拉的抱负和一个小女生的暗恋纠结在了一起。

然而,劳拉却根本没有成为某种类型的艺术家,因为她并没有努力去做。她不知道如何去做。她只不过就是那些口口声声说"人人心里都藏有一本书"或者"如果有时间我会写一本书"的蠢人之一，因而从未有所成就。就劳拉而言，艺术并不是那种你必须狠碾、硬锉、生磨的东西。那是她口中的"写实主义"。对于少女时代的劳拉来说，艺术就是性奋。

> E说[我的]歌唱能力等于零，那仅仅是在表明性的冲动，犹如飞禽走兽的歌唱一样。

劳拉不仅在艺术上失败了，在生活上也是如此，正如伟大的钢琴家、发表过作品的诗人，还什么来着……（真令人尴尬）……提供大学入学考试音乐的老师E感觉自己所走过的人生道路一样。那之后所发生的事情并不是E刻意制定的策略的一部分，而是让人感觉有种必然性。E的支持结果变成了恶毒之举。他试图推毁劳拉——他这第二个失败的自我——而且成功了。

劳拉唯一努力做的事情就是写她的日记。

她伟大的项目，不管这是不是她的初衷，并非她的艺术，也并非什么新的交响乐，或者某个现在极为常见、此刻我使用时甚至都没意识到的什么发明创造；那个伟大的项目就是这些日记。

但是你务必要小心翼翼。大多数人在日记（如果说日记是坦诚的）中都显得有些精神错乱失衡，因为那是他们写日记的目的之一：利用一个小小的借口，倾诉一些难以启齿的事情。

然而，在我冷嘲热讽地解释劳拉的生活以及E致其失败的评述中，有两件事实我确实弄错了。我是在一本日期标注为1961年、上面带有黑点的红色笔记本里面发现的。第一件，E是一位……

女性。

第二件,她……

72岁了。

24

尽管时间如糖蜜般缓缓流过……

> 永远年轻的我早晚会老。
>
> {*18岁*}

在后期色彩鲜艳的日记本里,尽管时间如糖蜜般缓缓流过,读起来却让人爱不释手。也许正是因为这些叙述没有特点,才让人感觉其内容扣人心弦:故事如同奇幻一般,充满了无限可能。

并非发生了什么。

什么也没有发生。

I had reheated cauliflower stalks for supper

(I had reheated cauliflower stalks for supper.)

晚饭我把菜花梗热了一遍。

6月的一个星期五晚上,她躺在床上写道。

> 我确实喜欢菜花梗,就连热了一遍的也喜欢,喜欢它们的程度超过了橙子和草莓。

她又加了两页。除此之外,又增加了三天——7632个词:令人震惊的消息! 占据了头版!

I have just started a new cauliflower.

(I have just started a new cauliflower.)
我刚开始食用一颗新的菜花。

她并非仅吃一种蔬菜。她也喜欢其他食物。6月4日，她饶有兴致地回味着关于水萝卜的美好回忆：

两天前，我款待我自己吃了些水萝卜，69便士仅买了9个水萝卜。

但是她又犹豫起来。她这段往事的追忆出了点什么差错。她一时想不出到底是错在了什么地方。

也许水萝卜只有7个，我记不清了。

阅读劳拉1990年代的日记，犹如在听一座坟墓的呼吸。

但是你仍然想读下去。这些日记之所以如此引人入胜，其中有个很明显的原因我花了好几年时间才明白。

我又搬了一次家，搬到了萨福克居住。此时是10月份，狩猎季节开始了。我租住的房子周围有几片树林，树林里有家庭自制的椅子，供挑选、宰杀弱鹿之用。这些椅子绑在大橡树的树干上，高出地面12英尺，还连着一架梯子。猎场看守人可以静静地高坐在这里，远在动物的嗅迹之上，隐伏在动物的视野之外，当他扣动扳机时，那一发子弹会稳稳地穿过途经此地的动物的脑袋，然后扎进地里。

一天上午，我正坐在这样的一把椅子上阅读1990年代晚期的一篇日记，这时听到了草叶被咬掉的声音，我就低头一瞥，看到脚下有八头鹿正在吃草。它们悄悄地来到了我的脚下,不仅自己不知不觉,我也浑然不知。我太全神贯注地阅读日记了,它们则是太聚精会神地在吃草。高椅下面有一层薄雾,它们只是脑袋偶尔露在薄雾的上面,正在抓紧时间享受战利品。它们缓慢、安静地移动,一点点地咬着青草,脑袋时隐时现。有几头鹿个头较小,只是在薄雾的上面偶尔露出耳朵。十分钟之后,它们慢悠悠地走了,将树枝碰得噼啪作响。

就在我欣喜若狂地蹚过泥地往回走的时候,我才意识到为什么劳拉的这些日记我想一直读下去,即使有些篇章无聊得让我感到痛苦,我也想继续看下去。这是因为这些日记十分真实。

鹿的出现并没有引起什么令人兴奋的事情发生。它们刚刚来过那里,这些真实的生灵,自以为独占此地。劳拉也是一个真实的生灵。没有什么小说家忙不迭地硬给她这些日记本里被关押和消磨的形象加上一条叙述"弧线";她也没有用工整的句子和经过推敲的词语来掩盖事实。没有虚构文学作家(或者就此而论,也包括传记作家)用来梳理劳拉故事所需要的那种管理结构的技巧,所以就没有什么内容不切题,所以任何事情都是可能的;而没有戏剧效果这一事实也并不会令人失望。阅读劳拉的日记,你就是单独和一个自以为独处一隅的女人(在单调乏味生活的最后阶段的一个女人)在一起。她绝不会意识到你的存在。她的戏剧效果就是,她不是虚构文学。

在物理学中,"现在"这个时间概念没有什么特殊性。物理学家心中关于世界的图景,包括了从未来到过去的全部时间。未来与过去之间的连接点,即对我们至关重要的现在那一细小的圆环,并没有确切的理论角色。在劳拉1990年代的日记里,情形正好是相反的:只有"现在"才是清晰的;只有"这里",只有在这间屋子里,只有在今天晚上,才是重要的。一档电视节目可能引发人们对过去的思考,但是她想记录的,并不是过去本身,而是那些想法的产生这一行为。这个女人夜晚在卧室里孜孜不倦地写下的一切,并且借由书写她使之变得有趣的一切，都可以用一个不断重复的、一个神秘的句子来代替：我活着呢。我活着呢。我活着呢……

当劳拉不在购物，不在做饭，不在除尘，不在洗衣服，不在与送奶工交涉，不在与清洁工、与园丁、与她自己争吵——

> 再也不做一个胆小如鼠的人了——完全可以告诉贝蒂每个星期五我做饭时她别在厨房干活了；也要告诉埃文斯别总是种小圆白菜。还要告诉彼得我"发那阵脾气"的真实原因。现在是时候让他知道我对事情的看法了。如果我愿意，我肯定要当个音乐家，还要和一支管弦乐队一起演奏莫扎特。

当劳拉不在拖地，不在摘苹果，不在倒垃圾，不在换床单，不在给冰箱除霜，不在往洗衣机里面塞衣物，不在用手洗毛衣或写日记，她就在看电视。

看了25年电视。

> 今天早上醒来时十分郁闷——现实又狠狠地打击了我，昨天晚上的快乐蒸发了。电视就像一剂麻药，阻止我思考……假如我在别人家寄宿时有一台电视机该有多好啊，那我可能就不那么容易崩溃了。有没有电视机真是天壤之别啊！午饭之前看电视也很不错。

她永远不会成为音乐家，因为她从未先把自己看成音乐家。她一直都是一位女管家，然后是一个人，再然后才是一位音乐家。对于物理学我也同样是叶公好龙。对于我来说，唯一值得研究的就是物理学。相比较而言，写作是一种病态的自恋，情感上老调重弹、俗不可耐。物理学是脑力工作；写作是娱乐业的一部分。正因为如此，作家往往都是一些乏味的人，而科学家却不是。但是我永远不会成为物理学家，因为我首先把自己看作是传记作家，然后是一个人，而永远不会是物理学家。想成为什么样的人有一个入门秘籍，就是让你自己深信你已经是了。劳拉和我在第一道坎儿这里就摔倒了。

在1990年代这些色彩鲜艳的日记本里，劳拉所写的一切都表现出了约束力。从1960年代到1980年代，她是一名极其勤奋的日记作者；现在她简直患上了强迫症。每一本日记的用词量约为12万到15万，时间跨度为两个月。字母"o"和字母"a"几乎消失不见，都变成了被扎破的点。单词末尾的字母"s"皱缩成了小尾巴。字母"d"仍是希腊字母δ的样子，却显得很是傲慢；字母"y"下面垂悬的部分仍然往回勾，犹如被球拍狠狠地打了一下子。但是这些花体字母似乎更像一种宣泄，而不是装饰，犹如劳拉需要将从其他字母节省下来的墨水在这里用尽。与此同时，词语如洪水涌进，直到这一页用完，然后她再翻开下一页，重新开始。

时间的流逝依然清晰，但是日历记载却开始消失：后来的日记中没有几本提到日记写作的年代，有时甚至连月份都没有。

在1970年代和1980年代，劳拉利用业余时间骑车到乡间兜风；在她雇主家的钢琴上"砸出"舒曼的前奏曲；和E一起去罗廷丁小镇度假几星期，还在那里争执是谁夜里偷吃了黄油。

1990年之后，一切都服从于电视。劳拉最快乐的想法，就是将她的雇主扫地出门，好好地煮一盒维斯塔鸡肉咖喱（这东西腐蚀性太强，她不吃时就用来清理炖锅上的鸡蛋残渣），再花三个星期时间，色眯眯地看那些身穿莱卡质地衣服的神志恍惚的男人奋战在环法自行车大赛比利牛斯山区。如果爱斯科皇家赛马会赶上了女王生日，或者赶上了某场皇家婚礼，她甚至都不进城兑换彼得给的支票，尽管她总是透支。当E躺在伦敦的病床上奄奄一息时，因为劳拉想多看法国自行车赛而拒绝去看望她。在这最后的几年里，作为人类的她消失了，作为电视屏幕上的一个二维映像重新出现了。

从传记文学作家的角度来看，这是一个很大的改进。

在早期的日记里，劳拉很少讲奇闻趣事，很少记录对话，很少描述那些她遇到的人。她的兴趣就是转录她对着迷事情的幻想。1990年之后，由于有了电视，就出现了一些没有料到的传记材料上的突破。1998年，公共第四频道播放了一档《动物大营救》节目，讲的故事是一只叫作"小家伙"的狗狗被送到了一个富人家里，女主人给狗狗做的晚餐是煎牛排和胡萝卜，而且"像在旅馆里"那样，是用盘子端给狗狗的。对于劳拉来说，这一事件太过于震惊，她感觉自己太受蔑视了，一时间竟被带回到了四十年前：

> 那比我吃的晚餐还要好……真的，在怀特斯庄园，多尔姑妈给那些狗吃的食品才是理想的食品。她为那些狗烹煮了一扇马肉，每天切一些马肉喂给它们，还配上些饼干。

1962年你能把一扇马肉贮藏在哪里呢？劳拉没有说。漂亮的多尔姑妈就像中世纪的妖魔一样砰地冒了出来，对一匹死马蹂躏了一番，然后就不见了。

2000年，在彭斯赫斯特庄园播出的一期《古董巡展秀》(英国广播公司第一频道)节目中，劳拉发现，伊丽莎白时代的诗人和廷臣菲利普·西德尼爵士——

looked rather like Uncle John

(looked rather like Uncle John.)

看上去很像约翰叔叔。

她想起来西德尼可能是

some sort of cousin

(some sort of cousin.)

某个远亲。

"如果说怀特斯庄园的祖先曾居住在彭斯赫斯特……那么我的远祖们甚至可能就是亨利八世的廷臣。"

"西德尼将水给那个濒临死亡的人喝，而不是留给自己喝，他真是太善良了。"她满怀深情地补充说。

正如所有的日记所展示的那样，劳拉的自我意识来自于将自己与其他人做的比较。随着她在艺术和音乐上的失败，电视就成了衡量她自己的标尺。

一天夜里她夜不能寐，就在屋里胡乱翻找，最后发现了艾尼德·布莱顿的关于女中学生的小说《圣克莱尔学校的夏季学期》：

> 美艳，绝妙。它给成年时代的我所带来的乐趣，似乎超过了给少女时代的我所带来的乐趣。正当我看到珍妮特因为去看了场电影而被罗伯茨小姐重重责备时，却不得不起来去上一趟厕所，我叹息一声放下了书。躺在床上彻夜未眠，眼睛睁得大大的，真是一种幸福；我的脑海里除了少女时代这个迷人的世界，别的什么也不想。顺便说一下，那本书仅卖15便士——被认为仅有那么一点儿价值——而书店里那些垃圾书竟然卖好几英镑。不禁想到，与这部令人愉悦的小艺术作品相比较，维克叔叔关于马其顿王国的厚厚的专著（一卷的价格是25英镑）就是垃圾。

从这里我们了解到,她的叔叔是大英帝国司令勋章获得者、杰出服务十字勋章获得者尼古拉斯·杰弗里·伦普里尔·哈蒙德,其著述颇多:《马其顿的腓力》《马其顿国:起源、体制与历史》《马其顿历史》(三卷),以及(唯恐自己的人生目标还没有表达清楚,又增加的一部著作)《马其顿历史》(一卷)。劳拉称他为"维克叔叔"。

她的名字是劳拉·哈蒙德吗?

我把这个问题搁置一旁。不管这个女人叫什么名字,我都喜欢她。我欣赏她的笨拙,她的着魔,她偶尔要宣泄暴力的欲望。我认为我在她身上看到了许多我自己的品质。我想理解她。传记作家们经常宣称,他们很喜爱自己与被立传人之间的一种私人关系,而这种私人关系又不可能是双方都认可的。蒂朵在撰写喜剧小说家威廉·格哈迪的传记时,也经常谈到这一点。在她开始写那部传记的五年前,格哈迪去世了。因此说,如果劳拉的姓是哈蒙德,那又有什么关系呢?我们的关系已经超越了姓什么那个层面。

在这些日记里,劳拉频繁地使用引号来将某些术语与句子的其余部分区别开。这些术语往往都是些陈词滥调,或者现代新词语,或者她显然认为很粗俗或者商业化的词语,所以,这些引用的词语表明她采用了既讽刺又超然物外的准确态度。"要'尽心竭力'";"母亲不太会'录'东西";"'安全别针青年'"[1];"毕竟'上帝'没有彻底'救赎'"。

"上帝"总是像这样被单拿出来,"酸奶"也遭此厄运。

她的话语里并非总有讽刺挖苦的含意,她也并非那么彻彻底底的自命不凡。这些引号所引上的还往往是某个电视节目或者某个名人的名字:"泰德神父""艾伦·蒂奇马什""奥兹·克拉克""埃德娜·埃弗烈治夫人"。但是当小说《尼古拉斯·尼克尔贝》出现时,她也如此使用引号。她用引号将这些名字标出,是因为这些名字都非同凡响。与

---

[1] 即 safety-pin youth。安全别针在西方文化中是叛逆、维护弱势群体等的象征。

她自己的生活相比，这些人的生活太富有戏剧性、太热闹了，所以必须用引号形状的钳子来抓住他们。

然而，演员迈克尔·巴里莫尔却没有获得这个待遇，尽管他是所有真实人物中最荒谬可笑的。劳拉喜爱迈克尔·巴里莫尔，犹如喜爱一个名声不好的弟弟一样。

> 《太阳报》刊登了一则关于巴里莫尔的短新闻——他"竭力否认"跟踪一名27岁的青年进入地下室厕所这一指控。我得说，我很同情巴里莫尔。当节目里的那只乌龟将他的衣服毁了时，他仍然是那么大度。

肖邦、莫扎特、贝多芬以及连环杀人恶魔罗斯玛丽·韦斯特，也从来不带引号。

> 我认为，如果你看到穿着马莎百货服饰的罗斯玛丽·韦斯特时，你就会看到她脑子出了毛病。

劳拉在书里和电视上看了太多关于这些反社会人士和天才人士的事情，这些人已经都将引号甩掉了。他们成了她本人的镜子。她发现自己与巴里莫尔或者贝多芬具有共同点，因而确定，她在那可怕的房间以外，也有某种生存的空间。她从门下往外挤，甩掉她的恐惧心理，云游各处：

> 假如我是英国广播公司《饮食文化》节目的主持人吉利·古尔登，我的生活将全然不同。

尽管除了电视之外，我们很难看到身为管家的她所住的地方还有其他什么东西，但因为劳拉偶尔也抱怨"我眼睛疼得要命"，而将注意力从电视屏幕上移开，这样我们也可以向四处看看。

这个房间不在一楼。床的附近一扇窗户，向外可以看到这栋房子的果园。如果她倚窗使劲儿向远看，她可以从归兽医院所有的一片田地看过去，看到安葬着哲学家维特根斯坦的阿森松教区墓地。夜晚，她可以观看月亮在丘吉尔学院屋脊的上空慢慢地移过。

> 月球表面似乎有东西存在，好像是巨人文明的遗址，这真是奇怪。有一只仙鹤的脖颈竟然有25英里长！有个东西很像枝形吊灯，还有个东西酷似埃菲尔铁塔……

她房间的天花板很高。墙壁有护墙板。床边有一个床头柜，上面放着一只时钟，她认为她可以"遥看"它，也就是说，她不用看表就知道时间，正像中央情报局的特工人员在冷战时期被训练成的那样。时钟旁边有一盒硝基安定药、一盒阿司匹林和一马克杯好立克热饮。

地板上总是有些平装书。几乎都是小说、传记或者犯罪实录。

我们知道劳拉讨厌看到自己的样子，所以我们可以猜测她卧室墙上是没有镜子的。她从来不自己修剪她那一头浓密的秀发，尽管那么做她可以省钱，而且她也总希望省钱。

> 到美发师那里必须要稍加等待，我得说我非常讨厌从大镜子里看我自己的样子；很可能比去年又胖了；E经常对我说我长着一张"圆圆的脸"，并且"面如满月"，她可能话里有话。

加上一个月亮形状的下巴，就解决了原来那个戴着假发拳击手形象的问题，但是这却使得劳拉看上去有些精神错乱。难点在于眼睛（如果你把眼睛盖上，嘴还是挺好看的）。我受到了她后来日记中狂热笔调的感染，而且我的绘画技巧还不够好，不足以将这种成分抹掉。这就是她年轻脸庞的面具，她中年时代的日记都被罩在了这张面具之下。

因为她不想在试衣间里看到自己的样子，所以她总是拖延购买小件衣物，直到她身上在穿的内衣坏了。

　　做个记录：我又努力了一次到马莎百货买胸衣。我在三个不同的货区试穿了三件。得脱三次衣服，真是累人。

即使她发现了什么合适的衣物，但是看到自己在镜子里的样子，她也决定不买了。

　　我差点买了那件42B码的胸衣……早年间我在彼得家时穿的可是38B码。

弗洛拉坚持认为，在获得了这个关于胸衣的新信息之后，我所画的劳拉双臂之间隆起的部分不对。

我们还知道，房间里至少有一组暖气片，因为当天气刚开始转冷、趁她不注意时，臭彼得就溜进屋子将暖气关掉。六个月之后，当室外气温恢复到26度时，他又溜进来将暖气打开。

借助一部私人日记来观察一间房间让人感觉怪怪的，其中一个奇怪之处就是，对一个物件描述得越多，它存在那里的可能性就越小。描述能够清清楚楚看到的东西，对于日记作者来说很没意思。她不惜浓墨重彩描述的，是那些缺失或者想象中的物件。E的那些老照片本该在屋子中间的那堆东西中，但是却没有。她们在希腊度假时E所演奏的勃拉姆斯奏鸣曲活页乐谱，本该在墙边的那只琴凳上，但是却不见了——她怀疑是被彼得烧了。就连那些相对戏剧化的事件也没有存在感：

> 昨晚，老鼠并没有给我带来太多困扰。

当我想到处在生命尽头的劳拉时，她的形象总是深夜躺在床上：高高的个子，身形瘦削，面孔模糊但并不好看，奇怪的是，她根本没有在写日记。她身心疲惫，四肢懒懒地摊开在床垫上。她那白发苍苍的脑袋被包围起来，一侧靠窗，向外可以看到被彼得割草割得露出了草根的草坪，一侧是一张边桌，头顶是在黑暗中若隐若现的红木床头板。在脚的方向，电视仍在闪着亮光，犹如某个人正在加班加点地赶制什么铆焊物件。比电视机再远一点儿的地方，在摇晃的黑影中几乎看不见的，就是那一堆堆摇摇欲坠、色彩鲜艳的笔记本：匆匆写就的人生取得的成就。

> 1963年11月22日，三分之一世纪之前。砰！肯尼迪被刺杀：一颗子弹。350米。

在她所有的日记中，不管是早期的还是晚期的，鲜有外部世界的事件穿透她自恋的迷雾，这便是其中之一。这位年轻的美国总统的葬礼给她带来的心酸，使得她在六天里的几篇日记都笔调忧郁。

> <u>就寝时间</u>：——今天晚上为杰基·肯尼迪非常伤心；再也不是国家的第一夫人了，而是全国最孤独的夫人。

> <u>11月25日</u>。一想到年轻快乐的总统躺在冰冷的地下，只能与

河流和花为伴,我就伤心得难以言表。

<u>11月26日</u>。美国的悲剧仍然让我哭泣;除了总统留在人们心中的精神尚存,他人已经不复存在;我想起了杰基所点燃的永不熄灭的火焰,"从今以后,那火焰将永远闪烁灿烂,其所承载的信息将一闪一闪地传递过波托马克河后,抵达首都。"

<u>11月28日</u>。如今世界又如常运转,哀悼逝者被撇开不谈。可怜的杰基已经淡出人们的视野;现在得忙起来了,安排搬家……

这是我看过的所有日记中提到的最后一件重大政治事件。从此以后,四百万词语中,再无任何政治事件。

水门事件、黎巴嫩内战、玛格丽特·撒切尔夫人。

只字未提。

博帕尔毒气泄漏案、柏林墙的倒塌、世贸中心爆炸案。

绝无一窥。

从早期日记到这些色彩鲜艳的晚期日记,所有字母中唯有一个一成不变。写这个字母时,写作者总是小心翼翼,满怀敬意,结尾的小横杠也是一丝不苟,这似乎没有必要,因为这样一定会明显降低写作的速度。但是,对于这个字母的处理,绝对没有妥协。这就是大写字母"I"[我]。

25

E是谁？（续）

> 我骑着自行车快乐前行，这时，一辆汽车贴着我疾驰而过，吓得我摇摇晃晃；如果我不小心，就会摔倒了。这是个类比，E的批评恰似疾驰而过的汽车。
>
> 〔35岁〕

躲避活着的人很容易，死人却如影随形到处跟着你。所谓逃离这个世界，那是无稽之谈。

E于1979年逝世，劳拉二十年之后才从悲伤的阴影中解脱出来。她患上了恐旷症；她崩溃了；她变成了囤积者。她房间里堆积如山的小商品，大多数是她花了10便士从慈善商店买来的便宜货，此时已经泛滥成灾。彼得之所以经常偷偷地溜进来，就是为了给这座大山挖去一角，挪去一块，往篝火里"添一把火"。这也不必过分谴责他。当劳拉半夜里砸彼得的家具时，用刀子在客厅门上使劲扎出深深的刀痕时，彼得也是听之任之的。他们相识的时间长达劳拉生命的一半。在这个时期内，他们曾经爱过并失去过好几个人。

在劳拉和E.朱利奇相识的三十年中，她们之间从没有发生过性。她们之间的恋情一如当初：一个小女生的暗恋。E去世之后，劳拉就失去了最亲密的朋友，失去了良师，失去了决策者，失去了艺术的化身，而且在之后的二十年中，也失去了自我。

E竟然是一位老年女性，但是这一事实并不能改变我对她毁掉了劳拉一生的解读方法，不过却让我更加充满了同情。我想知道细节——一个64岁的老女人是如何引诱一个14岁少女的呢？在一个漂亮的、异性恋的、独立的少女面前，E是如何将自己脸上的皱纹和满头白发变成了如此炽热性感的美，以至于让这个少女乖乖地臣服于自己膝下的呢？

现在我既然已经知道了答案，我不得不说，我真希望认识E。这个女人值得尊敬。

她是用奏鸣曲做到的。

贝多芬的《悲怆》奏鸣曲里充满了反复强烈敲击的声音。曲子的开始是一下猛击。

就我欣赏音乐的能力而言，以这种方式开场的音乐表明，弹奏的钢琴家应该惊慌错乱，猛地合上琴键盖，让音符把余音自行撞击完。但是过后不久，《悲怆》的曲调随即柳暗花明，变得恬淡安静。

之后的音符就是两排巨浪之间的停歇；然而给人的感觉却是不能轻信它们。确实不能轻信……猛然的一击！又是惊涛骇浪一片；之后又是恬淡安静。

"你一定听过吉泽金吧？瓦尔特·吉泽金？"格雷姆·米奇森说着，猛然推开了前门。格雷姆是我唯一认识的钢琴家。他的客厅里两架大三角钢琴背对背紧挨着放在一起，但是钢琴是怎么搬进去的，你打破脑袋也想不出来。从门或者窗户是搬不进来的。其中一架钢琴后面靠墙摆着一套书柜，上面摆着数百张样子严肃的曲谱，其德语题目让人不禁联想起德国汽车发动机的内部结构：钢琴曲组、巴赫前奏曲与赋格曲集、第二乐章。你可以在推特上看到一张格雷姆不幸的图片，他正在剑桥的菲茨威廉博物馆的肖像画廊里演奏，题为"令人惊叹的午餐时间音乐会"。他那样子好像是在驾驶着彼得的一辆大型割草机。他似乎有些恼火。琴盖上压着一块大理石。那是不是他从雕塑厅里顺来的呢？

"没听说过吉泽金？"格雷姆惊讶地往后仰了一下身子，"没有，当然没有听说过，这没错，这没错。"

原来，吉泽金是一位著名的钢琴家。和 E 一样，也是德国人。

"我之所以提起他，是因为他用了同一支奏鸣曲来引诱我。"

我和格雷姆是二十五年的朋友，但是在许多方面，我却根本不了解他。他的私人生活我一点儿不了解。他的朋友我也不认识几个。我被他的坦率吓了一跳，就拉过来一把椅子，坐在了他的大三角钢琴旁边。

"那么这个吉泽金——他也比你大很多吗？"我最终提出了这个问题。

"噢，是的，他比我大得多。几乎等于死了。真的很棒。"

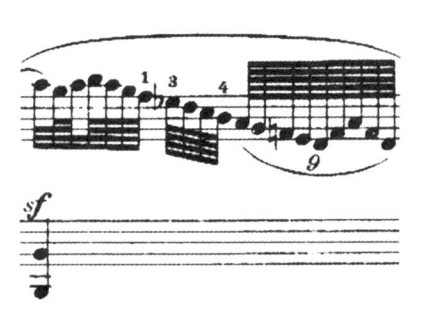

《悲怆》在法语里并不是"可怜"的意思。这个词源于"有同情心的"——是在呼吁情感的共鸣。

"吉泽金正是用这段强烈的、反差鲜明的开篇乐章抓住了我，"格雷姆说,"放在劳拉身上,也应该是一样的。当时我在我父母家的阁楼上。你说这个叫作E的女人邀请劳拉去了她的房子?"

"去了她的一居室。她是德国难民,没有多少钱。"

"是的,那一定会比阁楼好了。那就是为困惑的灵魂所创作的曲子。和弦强烈的巨大反差,所有的撞击,强劲的力量,令人兴奋的沙沙之声,从强音到弱音的跃动……且想想,劳拉那是亲眼所见、亲耳聆听她的演奏啊,而我所受到的诱惑则仅是一张唱片。那是我父母特意给我保留的一张1978年的唱片。它让我开始认真地练习起来,至今我也从没有停止过。"

我全神贯注地听着格雷姆演奏这支曲子。我相信,他演奏得棒极了。

但它对我却没有产生任何影响。

随着蒂朵身体状况的不断恶化,我已经对浪漫音乐感到了厌恶,不管是流行音乐,还是古典音乐,不管它激昂大气如《悲怆》,还是温柔轻漫似肖邦。浪漫音乐想要闯进情感复杂和微妙之处,并取而代之。让彼时都14岁的格雷姆和劳拉所着迷的东西,正是让接近五十岁的我所憎恨的东西:这音乐的力量,用格雷姆的话说,就是"反映世界上正在发生的某件事情,并接受它、编辑它而且将其剥离于混乱之地"。这种音乐在我看来就像保鲜膜:它覆盖在你起伏剧烈的情绪之上,忽略微小的波动,努力同情并试图代表你那混乱的情感,从而扼杀一切。这让我感到很不舒服。当下,当我偶尔听一下古典音乐时,我唯一能够面对的,就是那种不在情感上设埋伏的音乐。我翻阅了弗洛拉收藏的激光唱片,从中发现了这类音乐。文艺复兴时期名字充满活力的作曲家:蒙特韦尔迪和杰苏阿尔多。在我听来,他们音乐中的音符听起来冷冷的,令人愉悦。

"可是为什么呢?到底是为什么呢?"我紧追不舍地问格雷姆,"如果我是劳拉,在听你演奏这支奏鸣曲,我为什么要爱上你呢?如果有一部书我认为是充满魔力和奇妙的，我是不会爱上这部书的作者的。我根本不想看作者的照片。作者们都难看得要命。钢琴家为什么不一样呢？尤其是钢琴家演奏的甚至不是自己的作品，而是别人的创作。劳拉竟然爱上了E，她为什么不爱上贝多芬呢？

"因为E正在单独为她演奏。你看，一个心灵受困的少女走进了房间，然后一位钢琴演奏家就开始单独为她演奏这支曲子，只为她演奏，而且是在一架大钢琴上演奏——很显然，她就会坠入爱河！"

后来阅读自己的日记，劳拉一定觉得她永远也不会读懂E。话语都写在那里——E自己的话语，一字不差地写在那里，都是她的原话——但是却没有那个女人的原汁原味；当劳拉开始回味自己究竟是错过了什么的时候，E的本意却已经溜之大吉了。劳拉不得不跳上自行车，赶紧再次去见E。

> 期待她的吸引力会像磁铁那样将我吸过去，明天也是如此，也许就像跟屁虫那样，随着她走，听她训斥我意志薄弱，或者批评我内衣该洗了。

为了将E固定在纸上，劳拉不得不喊口号似的来重复这个女人对她体无完肤的批评。

> E说我没有常识。
> E说我必须克服我对任何人都厌恶的毛病。
> E说我不像别人那样能吸取教训，因为我总是重复我过去的错误，就像我的姿势和动作一样，永远也改不掉。

一些简洁格言式的话语，意思相同，仅词语的顺序有稍许变化，她也仍将其记录下来，犹如新的启示。这宛如一场用竹篮打水的努力：

> E 说我很愚蠢。
> E 说我确实很愚蠢。
> E 说我是多么愚蠢。
> E 说她很少遇到像我这样愚蠢的人。
> E 说我很愚蠢。

劳拉将这些很丢脸的评价归了档，好像这些评价是实验室实验的结果，它们毋庸置疑，在暗示某个伟大的真理，没有结论的真理。她却捕捉不到给予这些评价之人的魅力。她的日记里充满了 E 对她的残忍抨击，然而（如果不是对读者而言，那也是对她而言如此）却没有 E 的存在。

在 1970 年代中期，劳拉短暂地爱上了第二个女人。这就是哈丽雅特夫人，就是在第十六章里面首次提到的那位著名的 99 岁的微生物学家。

哈丽雅特同样是一位很有控制欲的老女人，在性方面在悄悄地控制着劳拉。她们的关系（就劳拉而言）是表面的，狂热的，痛苦的，令人惊讶的，却并不令人厌恶 —— 又是一个小女生暗恋的例子。而就哈丽雅特而言，劳拉几乎不存在。

> 像通常那样，渴望亲吻这位老太太的额头，以及做种种亲昵的动作。
> 我对她的爱让我感到兴奋和激动，以至于我都忘记了关水

龙头。

　　明天是我的生日，如果我有胆量，或许该请娇小的哈丽雅特给我一个吻。

　　我的生日啊，或许会成为我有生以来最失望的生日了！小哈丽雅特给了我祝愿，却什么礼物也没有送给我！

　　这个老太太简直不是人，她就是个精神变态！

在为这个老太太工作期间，她与波动的情绪又进行了一番令她疲惫的争执之后，写道："这真像和一个孩子在一起，但却是个通情达理的老小孩——也许是十里挑一吧。"

我不喜欢哈丽雅特夫人。她和劳拉在一起就像猫在玩弄老鼠一样。劳拉唯一一次不把她看作善良的典范，就是当劳拉瞥见她变成邪恶的化身之刻。

在日记里，这两位老太太的争战能持续好几页。有时候你几乎弄不懂劳拉说的到底是哪一位。在劳拉的生命中，E是至关重要的，一方面她是最先出现的，一方面劳拉是个忠诚之人；但是哈丽雅特夫人却要"甜"得多，是那么"可爱"，那么"想让人吻她"。劳拉被扰乱了思绪，无意中说出了E的名字"埃尔莎"。

埃尔莎·朱利奇。这个名字说起来很绕嘴。埃尔莎的最后一个音"莎"让你的面颊拉宽，拉宽之后再迅速地收回，好发姓的第一个音"朱"；姓的最后两个音节也不协调。

在网上查不到钢琴演奏家或者诗人埃尔莎·朱利奇这个人。倒是有一位1934年逃离纳粹魔爪的埃尔莎·朱利奇，但是这位埃尔莎·朱利奇是一位国际知名的女高音歌唱家，于1964年死于以色列，而在那时，我们的这位埃尔莎则是住在英格兰东部沼泽地边缘的一位愤怒的兼职音乐老师，仍然在不遗余力地践踏着劳拉的人格。

E说我的样子很讨厌。

E说我似乎不怎么讨人喜欢。

E说:"我知道你是个什么样的傻瓜。"

E说她或许并非总是正确的。

格雷姆用音乐的方式对劳拉的早期心理状态做了分析,但是这能改变我对埃尔莎的看法吗? 或许能吧。如果说劳拉在遇到埃尔莎之前(这段时期没有日记的记载)就已经大为"苦恼",以至于一段时长二十分钟的音乐所具有的感染力就能够永远地影响她,那么不管埃尔莎有没有霸道地出现,劳拉都会误入歧途。然而,埃尔莎残暴的基本形式——对一个小女生暗恋的利用,对劳拉拒绝被培养成埃尔莎之类型的愤怒,因劳拉未能给埃尔莎第二次艺术兴奋的机会而对其发出的怒斥,本质是不变的。

但是我的言辞也许过于激烈。埃尔莎一直坚决主张,劳拉离开皮尔斯女子学校(现在回顾1958—1959年间)到剑桥市立图书馆打工时,也必须专心学习。埃尔莎鼓励劳拉更加刻苦学习,在秘书课程上多上心,收敛写作"克莱伦斯"小说和创作"克莱伦斯"连载漫画的欲望;换句话说,别再那么不切实际,别再那么为荷尔蒙所左右。而埃尔莎也时常承认自己的弱点。这总能让劳拉感到一阵快乐的颤抖:

E说她什么也不怕。

E说她一生中曾经有过十分害怕的时候。

E说当她在战争期间住在德国的那所大房子里孤身抚养一个孩子时,很害怕,生怕炸弹落在房子上。

E说当她独自在乡间的路上行走遇到一个生人时,她就很害怕;有一次,当E看到有人朝她走过来时,她马上就转身往回走了。

有两行字迹（按照劳拉写作的速度，用时大约七秒钟）表明，她很为自己独立于埃尔莎的存在而扬扬得意。"这让我惊讶，令我兴奋——想想万里挑一的 E，如此高贵、有勇气的 E，也有这样的弱点，我在这种情况下也会无端心生同样的情绪。有 E 对我如此甜蜜，有 E 对我说如此甜蜜的话语，我几乎难以掩饰我的幸福和快乐……我疯狂地爱慕 E，我也喜欢我自己了。"

经历了这些伤心的场面之后，她就怀着一股凯旋般的心情骑车离开了埃尔莎的公寓房。她忘记了自己的紧张，飞速地沿着摄政街骑行，穿过了集市广场的鹅卵石路面，经过了三一学院巷。当她的自行车飞过玛格达莱妮大桥，接近大主教的姑妈的庄园内她自己的房间时，她感到自己的未来正变得十分美好：她在图书馆的工作（这是在图书馆解聘她之前），"我的独立，我的钱，我速记和打字的课程"，她在怀特斯庄园的泡泡浴；但是最重要的是，她与埃尔莎之间的亲密。

在埃尔莎的鼓励下，劳拉开始享受图书馆的工作。她的工作职责是摆书，给图书盖章，收罚款，到剑桥住宅区小型卫星图书分馆补缺，以及给人跑腿，比如给收银员换零钱。如果她通过了图书馆的考试，她的未来就有了保障：她就能够在任何一家图书馆，不管是公立图书馆，还是私立图书馆，找到工作——"我可爱的工作，我的图书管理员生涯"。

这时，发生了第一场灾难。劳拉被解聘了。

叫天天不应！叫地地不灵！

劳拉理解不了自己为什么丢了这份工作。图书馆馆长让她来到办公室坐下，并对她说（正如埃尔莎所警告的那样），她太"不切实际"，头脑太"糊涂"，太"轻飘飘的"。

毫无疑问，劳拉头脑轻飘飘的，难以理解那种解释到底是什么意思。她穷其余生也未能理解。当她年老回首往事时，不禁惊叹，自己年轻时为什么总是不断地被解雇。但是任何阅读她日记的人都能理解。

她在威勒尔庄园做管家时的表现堪称灾难，然而那又并非不符合她的性格。她傲慢，懦弱多疑，懒惰，注意力不集中，而且去厕所的次数太频繁。

从这个时期的日记中能够看出一个有趣的问题，尽管劳拉写了这些日记，但是她却并不看自己写了什么。她在每一页纸上都写满了词语，但是却不知道那些词语都说了些什么。

当听到劳拉被图书馆辞退的消息之后，埃尔莎充分表现了恶毒：

> E说她不敢相信我把这一切都毁了。
> E说她没有我这样的朋友。
> E说她真高兴她不是我的父母，真庆幸她没有我这样的孩子。
> E问我（离我远了一点儿），"你脑袋进水了吧？"

但是E，这么残忍的E，竟能让她安静下来。不管这位老太太对劳拉多么残暴，劳拉都忍不住一次又一次地回到她的身边。在接下来的几天里，劳拉就一遍又一遍地敲响埃尔莎公寓的门，足足敲半个小时，然后"眼泪哗哗地瘫坐在门阶上"。

埃尔莎"尽管<u>在家里</u>"，但就是不给她开门。

> 残暴、血腥，这生活糟糕透顶了。它是铁灰色、冰冷、坚硬、光秃秃的人行道上的狗屎，是邪恶、轰鸣的机器，是"工厂招人，限女工"的广告，是雪上加霜。

26

这些年来,弗洛拉一直都在告诉我……

> 我多么希望我是芭芭拉·温莎,而不是我自己啊!我喜欢拥有她所有的优点,比如不害羞,比如身材娇小。
>
> {55岁}

这些年来,弗洛拉一直都在告诉我,要把劳拉的日记按照时间前后的顺序排列好。我却仍在苦苦琢磨劳拉这个人,仍然没有走出关键的一步,也就是没有在书脊上贴上日期标签,然后按照时间顺序把书排列好。听到我说关于劳拉的那些冥思苦想,弗洛拉就会气不打一处来。

我不喜欢那个做法。

我坚持认为,这一万五千页纸上洋洋五百万单词的日记里缺少了关于劳拉的某种东西,而日记的这种时间上的混乱状态正好可以捕捉到这种东西,尽管我不能确定这种东西到底是什么。我对劳拉为什么写这些日记的最新解释是,劳拉写日记并非是为了记录自己的存在,而是为了保护自己的大脑。她总是不断地重复自己的主题,并不是因为她忘记了在这本日记里她已经15次提到了这件事情,而且是用完全相同的句子写的;她不断地重复自己的主题,是因为通过不断地将这些话狠狠地写在纸上,她在努力消解自己的孤独感,克服自己的失眠症，在努力不去想自己的母亲，不去想彼得的如厕习惯，不去懊悔她因为浪费了她童年时代所有的天才给她带来的羞愧，不去面对没有人爱她以及没有人愿意被她爱这一事实，不去接受鱼排恐怖的价格。她并没有仔细琢磨这些主题，她只是在努力除掉这些想法。她花费了太多的时间去努力消除这些讨厌的想法，从而连累了自己的人生。作为一位年轻女性，她是一位很好的作家，但是写了大量的关于没有开发自己天才的日记，这吞噬了她必须开发自己天才的时间，是写作毁掉了她的写作。

> *Feel I must write, to get things out of my system, & it takes time*

(Feel I must write, to get things out of my system, & it takes time)

感觉我必须写日记，好驱逐我脑子里的东西，这很花时间。

这妨碍了她的钢琴和绘画练习，而这两项也正是她所擅长的。她非但没有准备她的文秘科目考试，没有在剑桥中心图书馆的工作上兢兢业业，没有在威勒尔角为埃利斯夫妇好好做家务，没有在卢顿提高自己写生的水平，反而写了大量的日记，反而在日记中苦苦思索为什么自己在工作和艺术上都失败了。

我很有把握地对弗洛拉说，这样的结果就是，她日记中的词语（尤其是后来的日记）往往给人一种死亡感，而给人以生命感的，正是对日记的这些关于情形、偶发事件和猜测的东西，比如：事实一，在利宾纳果汁箱底部，有一个塑料袋破败的残迹，而其破烂不堪的状况并非是因为老鼠的啃咬；事实二，后期日记俗艳的色彩和写作时灰暗的心情，表明了一种分裂的人格；事实三，很显然，劳拉没有看自己写的东西，或者说不明白自己到底写的是什么，因为尽管她忙碌地写了五十年时间，却并没有抓住这些日记的本质信息，而任何其他普通的读者一眼就能捕捉到，也就是说，她的人生就是一个失败，因为她从来不精力集中地做好任何事情。她不知道该怎么集中注意力。她想到的是六十个远大抱负：

想把我的一生变成一件艺术品

却一个也没有培养成功。

我竟然这样被欺骗了，为此我要把"上帝"绞死，大卸八块。

滑稽的是，劳拉在威勒尔庄园工作得一团糟时，竟然把烤羊肉喂了狗；令人不解的是，她在余生中继续扔掉最好的东西，同时又总是向读者揭示她所作所为的愚蠢之处，而她本人却不懂她自己揭示的是什么。

这些关于情形、偶发事件和猜测的东西，比如这些日记本的杂乱无章，逼着我们走出劳拉的大脑，回归人间的世界，让我们将劳拉看作是我们在街上刚刚擦肩而过的某个人。

这不仅仅就劳拉而言。这些日记让我们明白，待在任何人的脑袋里都令人难以忍受。那是个可怖的地方。那么多重复；那根本没有起到分析作用的没完没了的分析，都只是一遍又一遍地考虑一个问题，直到这个问题无聊至极然后变得不再重要。一个人脑子里的活动正好让鲜活的故事走向了反面。我认为，劳拉之所以写了这些日记，是因为这样做能够证明她还活着。但是在很多的时间里，她所重复的并非是"我还活着"，而是"我就在这儿，仍然生气勃勃，在努力克服阻碍我满足的又一个障碍；我就在这儿，仍然生气勃勃，在努力克服阻碍我满足的又一个障碍；我就在这儿，仍然生气勃勃，在努力……"

我向弗洛拉阐述，在粒子物理学中（连我自己听起来都开始觉得浮夸自大），有两种截然不同的方法来描述一个物体的状态。这个世界或者以平面的方式来捕捉，比如用一张照片，精准地告诉你一切物体的所在地，然而却不能告诉你物体下一步将去哪里；或者说这个世界就是风的存在：你什么也看不见，一切都是微风习习，我们根本不知道物体都在哪里，但是却准确地知道物体的运行速度和方向。为了应对这种奇特的局面，物理学家们不得不做出一些妥协——将就一下来这样解释世界：世界三分之二是微风，三分之一是照片。

就劳拉而言，这些日记本的混乱状态和那个塑料袋的残迹就是微风。她的话语，尤其是截至1990年代的话语，就是没有生命的照片。

弗洛拉耐心地听完了我这番令人痛苦的解释，又等待了几个月的时间，然后再次阐述她的观点：我有什么资格这么自以为是呢？给出了这些异想天开的结论，我的证据在哪里？所有的日记我都读过了吗？没有。我读过三分之一以上了吗？没有。因此说，我并没有认真地研究过这些日记。那么，在我把这些基本该做的事情都做完了之前，我有资格给劳拉下任何结论吗？没有。

除非我把这些日记本按照时间前后排好了顺序，否则我不可能知道它们之间的相互联系，因此我也不可能对这些内容做出合适的符合传记的研究。

今天上午，我开始按照她说的做了。

我挑灯夜战，直干到午夜零点二十分。正如我解释过的那样，许多后期的日记都没有注明日期。劳拉可以任性至此：在六月份的一个星期三的中间时间，她开始第一页日记的写作，一直写到八月份的一个星期五，写到这本日记的封底。唯一能够做的事情就是阅读那细小的字迹，直到你碰到某位电视明星的死讯，或者迈克尔·巴里莫尔再次在法庭上露面，然后上网查询确认。虾粉色日记本写于2000年，因为——

一点钟广播了突发新闻，说约翰·吉尔古德去世了；这让我感到非常吃惊，他的逝世竟然和我的生日是同一天。这纯属巧合，因为一年里毕竟还有另外364天他可以去世的。

那本如酷爱牌饮料紫的日记写于1996年，因为劳拉很担心迈克尔·巴里莫尔不常来看望他的母亲。那一年他母亲已经81岁了。那本如炸鱼薯条店里豌豆泥色的日记写于2001年，因为劳拉从图书馆找来一本酒店指南，以用于查阅迈克尔·巴里莫尔当时所住的度假区信息，此前一位年轻人被发现脸朝下漂浮在巴里莫尔家的游泳池里，人已经死亡。

我终于大功告成了。这些日记本已经按照时间前后顺序，整齐地排列在我书房的书架上了。

而且，正如弗洛拉所推测的那样，关于劳拉我又发现了两件新的事实。

第一件事实是：我手里的这148本日记，仅约占劳拉所写的日记总量的八分之一。其实，自1962年之后的日记，我这里没有一年是完整的，而且70年代几乎所有的日记，60年代和80年代的后半段日记，以及90年代的大部分日记,我手头上都没有。从1952年埃尔莎首次出现在劳拉的生活里,一直到1958年,这期间除了有那本只有开头三分之一涂鸦的日记之外,我连她的一篇日记都没有。1952年之前的,一无所有。根据我所收藏日记的这些缺漏来看,全部日记本的正确数量接近于一千本,或者说四千万单词。

第二件事实是:劳拉还活着。

第二部分

PART TWO

危机

27

历史的终结

> 我的"上帝"与众不同。
>
> {62岁}

当我走进屋子时,戈德思韦特教授高举双臂宣布,"即将毁灭历史的人物现在降临了!"

这是我发现劳拉尚在人间的十天之后。我是来离埃奇韦尔路不远的一家黎巴嫩饭店与弗洛拉会面。饭店服务员们在厨房的楼梯上奔上跑下,在一条狭窄的走廊里侧身而过,手里稳稳地端着盛满食物和飘香汤汁的盘子。吃饱喝足的客人靠在收银台前,穿上羊绒外套,准备付款,而新来的食客则饥肠辘辘,眼观六路,穿行于餐桌之间寻找座位坐下来。饭店里飘着浓浓的新鲜香草的香味,回荡着洗菜切菜的叮当之声。

我甩了甩头发上的雨点儿,又跺了跺脚。我不知道戈德思韦特教授在谈论什么。这个即将毁灭历史的人是谁呢? 他为什么面朝我这个方向? 我的眼镜上蒙了一层哈气,系着领结的他变成了模糊的斑点。

理查德·戈德思韦特教授是来自约翰斯·霍普金斯大学的历史学家。他的著作《文艺复兴时期佛罗伦萨的经济》具有"权威性"(《经济学人》语),"将在未来数十年内成为该领域的标杆"(《近代史杂志》语),是"关于文艺复兴时期最重要的著作之一"(《文艺复兴季刊》语)。

他是不是特意指我才做了这番宣告的呢？"毁灭历史的人"？我怎么能够做得到呢？我连滑铁卢的日期几乎都记不清。我高兴得容光焕发，径直朝餐厅里走去。

除了弗洛拉之外，餐桌旁还坐着另外两位学者：哲学家吉恩·马里奥和音乐学家伊恩·芬伦。一脸严肃的伊恩冲我微笑了一下，半坐半站地伸出一只熊掌般的大手，我小心地与这只手握了握。最近，他刚刚从车轮底下救出一位女子。当时，一辆邮局的运货车就要把那位女子撞倒，他只身冲到失控的汽车前，将那位女子推开。女子安然无恙，他的后背却受了重伤。

吉恩·马里奥顽皮地冲我点了点头。他是一位怀疑论专家，因其学识的精深和严谨而享誉国际学界。他的胡子像绑带一样兜在下巴上。他低声地用意大利语说了句"你好"。

"弗洛拉把你研究这些日记所取得的突破告诉了我们，"理查德·戈德思韦特说着坐了下来，那认真的样子颇像一位餐后的演讲家，"现在，你别说话。在你要说任何事情之前，先回答我的问题：你把所有的研究都写下来了吗？比如，最早是怎样在废料箱里发现的这些日记本，关于日记作者你的理论是如何发展的，最新的进展是什么。我是说所有的这一切。关于这个……人，你所想到的一切。""人"字他说得略带疑问，犹如对劳拉已经不再是个人名而变成了个有血有肉的大活人这一事实仍有某种疑问。"你所推测的一切。你认真地回答我的问题，这对我课题未来的发展十分重要。它将决定数千人的生计。"

"当然。"我心里感到一阵满满的自信，因为我可以轻而易举地回答他的问题，"我一边进行研究，一边记下所有的东西。怎么了？"

"那么当你取得突破时，你已经写好所有这些了吗？你不是在了解详情之后写的吗？把这个问题弄清楚非常重要。"

"都是在之前写的。我研究这些日记已经长达四年之久，只是上个星期才发现她还活着。"

"你听懂我的意思了吗？你找到了关于一个人的一些文件，研究这些文件的时候一直认为这个人已经不在人世了，关于这个人是谁、她是怎样的一个人、她为什么要做她做过的那些事情，你已经形成了自己的看法，然而现在你却发现她还活着。试想一下，我最新那部书里所写的人，就是写了第一部歌剧的雅各布·佩里，试想他突然从那道门走进来，质疑我所推测出来的一切。谢天谢地，那绝不会发生，他早在四百年前就死了。我的这些推测永远不会被唯一知道事实真相的这个人提出质疑。但是在历史研究中第一次出现了你这样的情形：你写了关于一位已故之人的传记，然后这位已故之人却又活了过来！这对历史研究来说可能是一场灾难。假如我们关于如何解释文件的想法都是错误的，那该怎么办？正因为如此，我才十分有必要向你了解：你把所有的想法都写下来了吗——在你知道她仍然活着之前你所有的想法——并且确实没有改动过吗？你需要认真想一想，历史的未来命悬一线……"

"那之后没有碰过。一个字都没有动过。"我肯定地说，开始感觉自己很了不起。

理查德满意地呼了口气，然后拿起了菜单。"我过去五十年所为之努力的一切，都取决于这个回答的真实性。"

"我现在所需要做的，就是获得劳拉的允许来发表我所写出的全部内容，然后就把我的手稿送到出版商那里，看他们是否想买下来。"

理查德将菜单啪的一声摔回桌子上。"你是说你还没有把手稿交上去吗？"

"还没有。我需要先见一见劳拉，然后再……"

"这么说，在你获得了这个发现之后的日子里，你仍有可能篡改了什么地方？"

"这个，我想……"

"还好还好！"理查德打断了我的话，顺势靠在了椅背上，夸张地在额前做了个手势,"历史得救了。"

在我发现劳拉还活着之前,我一直以为她已经死了。在大英图书馆,尽管我不想那么做,文斯侦探也给过我建议,我还是去查了死亡登记册,而且再次有幸运加持。我并未发现在剑桥有对得上号的、生于1939年并且叫劳拉的人,但是那并不意味她还活着。在出生登记册上,我也没有找到她,而这也不能说明她并不存在。盯着微缩胶片足有十分钟之后,我感到非常无聊。这种研究我可不喜欢。这让我想起了当年学校最糟糕的数学课,没完没了的重复而且进展如蜗牛般缓慢。劳拉已经故去,这才是问题的关键。我已经确定了一个可信的事件顺序表:在彼得去世的两年前,劳拉就已经故去了,这就是为什么这些日记本被扔了出来。彼得一定是将日记本放在了柜橱里。彼得故去后,就进来了一拨人清理房子,砰砰!所有的东西都被扔了出来。

我为什么确定她早于彼得两年故去呢?我也说不准。就是有那么一天,我脑子里嗖地出现了一个猜测,然后它就像有条理的叙事一样,成为了事实。两年时间差的感觉大概还是对的。死亡不应该发生得太密集。

"正是因为弗洛拉告诉我将这些日记按照时间顺序整理好,我才意识到劳拉还活着,"我向理查德解释,"我发现,我手里的最后一本日记写于2001年8月 —— 那是我的朋友探身进入废料箱里的几个星期之前才写完的。彼得没有活过劳拉,我打开这本日记时发现劳拉坐在早餐桌前进餐,而此时彼得已被火化。"

傍晚时分。棕色的夕阳掠过卷起来的地毯,投射到了厨房的椅子上。劳拉坐在桌旁,心不在焉。除了还要用的锅碗瓢盆之外,所有的陶器都已经被搬走了。走廊里的绘画作品也不见了。"此刻" —— 对于劳拉来说唯一重要的时刻 —— 她到达了五十年写作岁月的终点。"此刻",她是个14岁的少女,在钢琴前为她的老师流出了爱的泪水。

"此刻",她已经成了伦敦的艺术家,心里燃烧着强烈的愿望要征服世界,愿意为了美和真理而去受苦。"此刻",她成了女管家,但是很快她将成为一位钢琴演奏家。"此刻",她人到中年,孤身一人坐在餐桌旁,听着这座不属于她的房子发出的嘎吱声和滴答声。她觉得她终将在这里。这一"此刻"与半个世纪前她所想到的"此刻"是同一个"此刻",那时,她站在怀特菲尔德庄园坐落的山脊,身处"零星分布的燕麦"中间,思索着在这"狂热和烦躁的现代生活"中,她将会变成什么样子。

彼得的房子里一片狼藉。柜橱的门大敞四开,书架上空空如也,露出了恍如一个世纪前的灰尘。在地板的边缘新出现了一些木头碎片。彼得在去世之前几个月,悄悄地告诉他的朋友林利,说他在这座房子里有25个秘密"藏宝处",藏有宝石和价值数百万英镑的邮票。他想把这笔宝藏赠送给林利;他早已画了一张藏宝图,明确地标识了每个秘密藏宝的地方,这样在房子被卖掉之前,林利就可以找到所有的宝藏。但是彼得把藏宝图也藏了起来,还没等他告诉林利藏宝图在什么地方,就得了中风。

还没等到彼得的尸体火化、后事妥善处理好,林利和彼得的另一个朋友汤姆,就开始每个星期来这里两趟,敲打护墙板,掀开地板,到阁楼里捅开箱子。他们还把彼得的床腿卸了下来,割开床垫子,将食品柜里的茶叶盒子倒个底朝天(不过"灰尘上已经有了指印,也就是说,如果这里藏有什么宝贝,财产估价员已经先他们一步来过这里了"),仔细查看房子底部的透气砖,最后真的在客厅的地板里发现了一个洞,随之用一根绳子系在一只手电筒上,将其下放到洞里观察,又将楼上"慵懒的地方"(劳拉表达"卫生间"的词语)的油地毡揭开。他们收获的战利品里面有一份1971年的《每日电讯报》和一张用法语写的购物单,林利赶紧去找人给鉴定一下。那张购物单的估价是75便士。林利决定去特丁顿请来一位叫作"布伦达"的"善于发现宝藏的灵媒"。他让她看了那些邮票的照片，为她一下午聚精会神地用心感应付了75英镑报酬。

她并没有发现英国最初的黑便士邮票。

劳拉帮助林利和汤姆进行了这些穷凶极恶的搜寻，但是她本人却并不贪婪。只要一想到某个新的"藏宝热点"，她就会第一时间打电话告诉林利，当林利过来撬开壁板、掀开地板搜寻时，她还为他准备午饭或者沏茶。

> 自从1993年以来，我就没有享受过人们如此的善意——在彼得死后，竟然有了天壤之别的感觉；人们纷至沓来所带来的麻烦，却让我有机会做社交界女主人，因此就算忙活点儿也不算什么。

当彼得的遗嘱公布时，人们才如梦方醒，原来彼得将林利排除在了遗嘱之外。这不禁让人猜想，"在这座房子结构中"的某些地方有"藏宝处"的这个说法，就是一个奄奄一息的人对一个贪婪成性的朋友的一场恶作剧。在那次致命的中风发生之前，他悄悄告诉林利他有一张藏宝图，但是那张藏宝图也藏在了一个找不到的"藏宝处"，这真是让人忍俊不禁的顽皮之举。

彼得在遗嘱里将这座庄园留给了全国最富有的学校之一——圣约翰学院，他这个没有任何想象力的决定与那场恶作剧形成了鲜明的反差，这不得让人称奇。圣约翰学院很快将庄园卖给了一位开发商，双方律师要求劳拉尽快离开这里。她没有钱。她在这里居住了三十年时间，这是她生命的一半时间。她在这所房子里深居简出，所爱的每一个人都已经死去。一星期之后她将被赶走。

她顽强地在这里待了六个月。

"当然了，我年轻时所有的抱负和志向都只不过是画饼充饥的空想,"在上一本日记里最后一篇日记结束时,劳拉写道,"因为我的'上帝'与众不同。"

按照我的想象,第二天上午,清理人员蜂拥而至,将劳拉扔到了大街上。在混乱中,她丢下了自己的148本日记;清理人员将这些日记本扔进了废料箱里,后来,在那天的傍晚,蒂朵将这些日记本搜救了出来。

那之后,开发商在前面的树篱中间开了一个口子,铺了一条柏油碎石车道,一直到玫瑰凉亭处,并在原来的梨园里修建了两座美术工艺模型。剑桥最漂亮的私人庄园之一从而变成了《郊区奇幻家园月刊》的一则广告。

"当我意识到劳拉有可能还活着时,"我继续向理查德解释,"我进展飞速。我花了9.50英镑,查询了网上选民名册,发现了劳拉的姓。十分钟之后,我用谷歌的卫星地图找到了她的客厅。"

我花了相当一段时间才适应谷歌的控制器。每当我接近劳拉的新居时,定位按钮就变得异常敏感,一下子就过了头,犹如我踩在了一摊油上,一下子将我滑到了35英里之外的苏格兰上边。

最终我还是控制住了我的激动心情。劳拉·弗朗西斯的半独立式平房位于一家开发商住宅区的一条很短的死胡同末端。房子像一只一动不动的苍蝇那样,栖息在人行道的旁边。院子的前墙朝向公路,上面有一道玻璃门和侧板。信箱里面的邮件已经堆积得很高。当我校对这最后一稿时,那些邮件仍然留在那里没有动过。

房子前面有一座微型花园,里面种植着倒挂金钟花和常绿灌木,紧挨着小花园的是一片旺盛得稍微过了头的草丛;一副肮脏、破败的场面。一条狭窄的车道通往平房的一侧,压过一道栅栏,途经一道门,最终来到一座木质的车库。门微微开着,门旁边摆着一小堆厨房用具和盛放食物的瓶瓶罐罐,恰似劳拉就在门里,享受着清晨第一缕微风。

黎巴嫩美食端上了桌子,热气腾腾,饱含油脂。与理查德、吉恩·马里奥、伊恩和弗洛拉的谈话随之改变了话题。直到这顿饭快结束时,我才想起来我还带了劳拉的一本日记在地铁里阅读,就从雨衣里将日记本取了出来。这本日记写于1978年——那是劳拉一生中的中期,那个时期她所有的日记本都是一样的:小开本,精装,深红色外封,书脊上有烫金空心单词"IDEAL"(理想)。1978年是我收藏的这些日记里少有的、几乎是全年日记的年份之一。埃尔莎已经故去。埃尔莎临时的竞争对手哈丽雅特夫人也已经故去。所有关于要成为作家或者艺术家的清谈已经戛然而止。笔迹已经开始缩小,但是在日记本的行间,劳拉仍然是中规中矩。此刻她已经为彼得工作了四年,并且再次意识到她有可能是位音乐天才。

  今天上午,海顿奏鸣曲中精致优美、简约短小的小步舞曲让我落泪。我千惆百怅、婉转动听地弹奏,发现我真有音乐天赋。即使在电台上,那些专业的钢琴家也未必有我弹奏得如此丝丝入扣、情感投入。

在这里,读者再一次马上看到了劳拉所看不到的东西:她忘记了考虑关于她音乐天赋评价的唯一重要因素,那就是她之外的任何听众。她之所以认为她具有伟大的音乐天赋,是因为她只为自己弹奏,不为别人只为自己。她的耳朵被唯我主义轰炸了。

  理查德擦了擦手,拿起这本日记,像祭酒那样,既滑稽又庄重地将其举起。他没有翻开日记。任何东西理查德都不会马上去看。片刻之后,他将日记本递给了伊恩。伊恩小心翼翼地将日记本翻过来调过去、调过去翻过来地看:封底、封面、书脊的上端和下端。他不停地咂嘴表示赞赏,如同手里拿的是一只被麻醉了的小动物。

  "这使我想起了关于弗兰克·科莫德的那个令人十分伤心的故事……"

"完全是这样,"我插了一句,"我的朋友蒂朵将这些日记本从废料箱里掏出来时,也是这么说的。"

"嗯嗯,嗯嗯,嗯嗯!"伊恩清了清嗓子,"这我知道,因为这件事发生时,我正和弗兰克在一起。那天晚上他来学院吃晚饭,那件事发生之后他立刻就来了。他感到了震惊。他感到了彻底的迷茫。他嘴里叼着烟斗,以他那种特有的轻描淡写的口吻说,'我出了点儿麻烦。'那天下午,两个穿着荧光色冲锋衣的工人来到了他的家门口,准备将他的书都搬到他的新居,弗兰克就说,'进来,进来。'现在,在许多领域,弗兰克都被看作是某些英国文学类型最伟大的、仍然在世的评论家,直到90岁高龄才去世,所以他活了很长时间,所以他才拥有许多签名的初版书。"

但是那两个人并不是搬家公司的人,而是市政废弃物收集工人。直到他们搬走了相当一部分书籍,弗兰克·科莫德才意识到,他们是将他的书籍扔进了捣碎机里。

"在他整个后半生,"说到这个故事的悲惨之处,伊恩的声音听起来十分伤感,"弗兰克的藏书都是从字母 I 开始了,因为从字母 A 到字母 H 的书都化作纸浆了。"

伊恩深吸了一口气,呼出来时若有所思,随后将书递给了吉恩·马里奥。

吉恩·马里奥将他那罗马人的长方脸往前探了探,几乎让人觉察不到地点了两下头,表示对这本日记的赞许,然后就将目光移回半空中。静止世界与吉恩·马里奥之间有一种晦涩难懂的关系。他的体态可能表示他毫不在意劳拉及劳拉的这些日记,也可能表示他极其重视劳拉及劳拉的这些日记,因而此刻正在思考,在一位真正的学者手里,这将成为怎样的一个项目。

"在神话学或者哲学中,"我开始阐述我自己的看法,"一定有一个代表她的人物,有这么一个代表着处处失败的人物。这是一个定了型的角色，代表着一种恐惧，惴惴不安地担心自己可能成为劳拉·弗朗西斯：这个人最终一事无成，所有的希望全部落空，竟然被抛进了废料箱里。正因为如此，这才是有价值的生命。她有可能成为一名优秀的作家，有可能成为卓越的艺术家，也许她具备一位钢琴家的素质，但事实却是，劳拉·弗朗西斯以一种纯粹的形式，代表着我们人人都能感受到的那种感觉，一种人生白活一场的感觉。"

吉恩·马里奥爱抚地摸了下自己的胡须，看了一眼自己的水果沙拉，然后点了点头。"你知道她此刻的心境吗？不知道？你认为她伤心吗？"

"我给她写过两封信。在第一封信里，我说我是一位传记作家，正在研究一部书，认为她就这部书可以给予我帮助。我是这样开头的，'您是那位曾经为彼得·米切尔教授工作过的劳拉·弗朗西斯吗？'我没有提及关于日记的话题。我不想让她感到恐怖！我只是说，'我是一位传记作家，如果您就是那位劳拉·弗朗西斯的话，我们可以见个面吗？'"

"后来呢？"

"她没有回信。"

"这女人很明智。你怎么知道她收到了这封信？"

"我邮寄的是挂号信，还在网上查了单号。她收到信的时候签了字。"她签字的记录尽管仅仅是在英国皇家邮政网站上一个小格子里勾的那一下，也是我有过的第一个真正的迹象，即劳拉不仅还活着，而且还在活动，有意识，绝不仅仅是政府数据里的一份记录。那个钩号犹如一个土块，从她的坟墓上被踢了下来。"上个星期，我又给她写了一封信。但是这次，我换了一种策略。我说，'下星期四下午四点钟，我将在剑桥的姑妈茶馆。'"

"姑妈茶馆？"

"我知道她知道这个地方。那地方的玻璃橱窗里摆放着精美的花边蛋糕。'过来我们见个面,'我说,'如果您愿意,请带一位朋友来。'我不想让她感觉紧张,因为她已经73岁高龄了,而且性格非常胆怯。"

"有你这样的人存在,她确实该胆怯!可怜的女人,"理查德说,"我想我们应该警示她——有一位传记作家在虎视眈眈地等着你呢。他知道你住在哪里。"

"接着我又写道,'如果您四点钟不过来,我将于5:30过去敲您家的门。星期五下午四点钟,我还会在姑妈茶馆里。如果这个约您也不来赴,那天5:30我也会去敲您家的门。'"

"这可是骚扰了。"

"胡说。如果她真的不想见我,那么她可以两次都不现身,两次都躲在浴室里就是了。我给了她四种方式来拒绝我,这样我就可以彻底地明白她的本意,我也就不会花上我的余生冥思苦想,想她没有给我回信是否因为她把我的第一封信弄丢了,因而没有了回信地址,或者说那个签名的人其实并不是她本人,或者说就差了十分钟,我和她失之交臂,因为就在我的那封信送来之前,她就被送到了一家养老院。"

"你认为她对这本书将会是什么态度?"吉恩·马里奥用一种既愉悦又无情的口吻追问我,"在书里,你准备将关于这个敏感、易受惊吓的女人的一切都揭开,对吧?"

"我想她会躲得远远的。"

"你觉得她该不该报警把你抓起来?"

理查德伸手将放在吉恩·马里奥面前的日记本拿了回去。他将日记本放在桌子上,用一只手将简洁的红色封面翻开,又用另一只手如同在水面上轻轻拨开泡泡一样,将日记本的首页抚平。

"这么说,你出门就随便将它揣在口袋里吗?揣着'历史的终结',就像揣着一袋油炸薯条那样?"

28

姑妈茶馆是个海滨小馆，离岸边……

> 噢，想象世界那光辉的火焰！很想再次进入这个世界，然后拿起笔来写个不停；只是停下来吃顿饭或者出去散散步，就像我从前那样。很遗憾，我现在可不能那么任性了——每天的日常事务我得处理。
>
> 我没什么可说的。
>
> 〔25岁〕

　　姑妈茶馆是个海滨小馆，离岸边五十英里远。茶馆位于剑桥中心，就在集市广场的旁边。它被两家商店硬生生地挤在了中间：一侧是大学的服装店，另一侧的商店则出售令人恶心的钥匙饰品，饰品里面竟然镶嵌有蝎子。姑妈茶馆是本科生给父母导游一遍大学校园之后常来的地方，转悠了一大圈儿的父母此时已经觉得无聊了。

　　蒂朵和我提前一个小时赶到了这里。医生们，尤其是那些还没得过病的医生们，总是喋喋不休地告诫他们的患者千万不要陷入绝望。但是在这些明智的忠告和鼓励的表情后面，他们的药物也是种绝望。经历了上一次化疗之后，蒂朵已经筋疲力尽了。肿瘤没有任何回应。

她轻了28磅。现在很难说哪个在更快地要她的命：病情还是药物。

她坐了下来，马上埋头看一堆托马斯·莫尔的相关论文。我在盯着其他顾客。饭店里除了我们之外，还有两位年老的女士和一位梳着马尾辫的大块头年轻男子。男子的膝盖碰了几下桌面的下方，使得桌子上的瓷器咯咯作响。其中一位女士严厉地看了一眼他的方向。她高高的个子，七十岁出头的样子，胸部很大。她戴着细框眼镜。我刚一看到她，她就站起身来，将手伸进裤子口袋里，边回看我一眼，边从口袋里掏出来一个白色的搓成一团的东西，好像那就是在一阵愤怒中揉搓成的。

原来是块手绢。

她擦了擦嘴，然后看向了女服务员，说起了德语。

"来结账吧，汉娜。多谢了。"

女服务员也用德语回答，并拿过来一张小点餐单，上面滚着一颗糖。

蒂朵看了我一眼，摇了摇头，又去看她的那堆论文。

这位顾客离开之后，餐厅里一片寂静，只有夹方糖的钳子偶尔碰撞的声音，以及半分钟之后某人不留神发出的进食的响动，才让人想起这里是餐厅。另一位女士则身材不高，胸部平平，看着《每日电讯报》却没有戴眼镜。

> 报纸上绝对什么都没有；彼得看的报纸 [《每日电讯报》] 就是一堆垃圾，绝对毫无任何价值 —— 那钱可以用来买很多罐饮料。

我点了一块烤茶点就坐了下来。我来之前认真地想了想我该随身带哪本日记。带一本1960年代的日记吗？那时候劳拉有一半时间坐在厕所的坐便器上。带一本1970年代的吗？那时候她强烈地爱着99

岁的哈丽雅特夫人。带一本1980年代的？那时候E刚刚去世，她失去方向，孤苦伶仃，不时地想着自杀。要不带一本1990年代的日记？那时候她可能疯了。任何这样的一本日记让她看到，她都可能向我扑过来。我就选了一本她写于1959年的日记：

> 这一天迸发的灵感让我内心如火，深深、深深地感受到了魔力和一阵狂热和欣喜，感觉我就要爆炸了。今天算是真正地活了，十分清醒，观察了人和物。基本上向我的妹妹们发誓我会当一名作家了。

这是她唯一真正幸福时刻的尾巴。那么多"幸福的回忆；——有欢笑、健康、激情和狂热的爱"。当时她居住在剑桥，在拉姆齐小姐位于城堡山的房子里，处在一种"逃亡的快乐中"，定期拜访怀特斯和E，并且正在撰写关于约翰·吉尔古德的第三部小说，她提及这部小说时，会用法语词"histoire"［故事］：

> 午茶后，完成了故事的一章。正播放着莫扎特的钢琴曲（K.333），当时我在写一小段儿有色感的内容，用来描述瓦尔在公园里遇到约翰。身材有色感的描述真令人兴奋——我的心脏怦怦地跳动，真的很不舒服，直到我将这段写下来，那种不舒服的感觉才消失，我再次感觉到了快乐和得意。

看着饭店里的这第二位女士，我突然间想起来，关于劳拉·弗朗西斯，我其实一无所知。为什么眼前的这位身材娇小、视力颇好、关心时事政治的女士，就不能是那位身材高挑、眼睛近视、穿着42 B胸衣、满腹牢骚、阅读《太阳报》的日记作者呢？这里没有什么不符合逻辑的地方。正是因为眼前这位娇小的女士不是劳拉·弗朗西斯，她才有可能将自己写成了劳拉·弗朗西斯。对于她来说，写日记就是一种方式，就是为了让她心中的劳拉·弗朗西斯存在——如同一位股票经纪人在阁楼里穿上了迷你裙。在某种程度上，所有最优秀的被立传者都是这样。正当你刚刚把这些传记的主人公写好了放进书里，就像把捆绑好了的火鸡放进了锅里一样，他们不经意间就会做出某些让你意想不到的事情——比如让你感觉根本没有任何因果关系（比如我的第一位被立传者——流浪汉斯图尔特），或者如名人轶事（比如我的第二位被立传者——数学奇才西蒙），或者亦如基督降临，涅槃复生——你就会意识到，你离成功仍是咫尺天涯。你又重新回到了火鸡院子里，开始跌跌撞撞地捉火鸡。

关于传记写作的这种接连失败，有一种令人很心动的地方：你准备好了去捕获；你一时以为你已经捕捉到了，因此你就以为你已经将这个有趣的人物所处的世界整理得稍微整洁了一些；然后你却发现，你把这件工作弄得一团糟——但是你该感到宽慰。因为你的整理没有成功，你的破坏才没有那么严重。

也许这位看报纸的女士正是为了今天的约会才来到了这里，因为她知道我不会怀疑她，从而就可以认真地观察我，然后决定下一步怎么做才最合适。也许那个年轻人也是这个阴谋的一部分，这是某大学社会学系所设计的某种意义深远的实验，他们发布了一些假冒的日记，通过"废料箱之法"将其公布于世。只要你想瓦解劳拉·弗朗西斯的真实性，那就没有任何力量来阻止她整个故事的分崩离析。我只得依赖这种假设，即当人们写自己是劳拉·弗朗西斯时，他们就是。

第二位女士根本没有朝我这个方向看一眼，就起身离开了。

接着又来了三位日本女士，她们咯咯笑着坐了下来。一位老年男子裹着他年轻魁梧时所穿的外套，摇摇晃晃地坐到了蛋糕台旁边。

当我第一次使用电脑悄悄地观测150英里之外劳拉的平房时，我震惊地发现，她正站在窗户后面跟我对视：这是一个身材异常高大的女人，身穿一袭米白色、趋近灰色的托加长袍。她在看着谷歌摄影车一路拍摄她的房子。

她的头被削掉了。

只是当我重新振作起来再次仔细辨别时，我才意识到，窗户那里显示的仅是窗帘，而不是她。窗帘从杆上掉了下来，看上去很像衣服。我以为被削掉了脑袋的脖子，其实是窗框的上部。

在4：37时，已经晚了7分钟，门铃响了，我从幻想中醒来，马上抓起我的数码录音笔。门玻璃反射过来的一道强光让我感觉眼花缭乱，我一时间恍惚觉得再次看到了那个没有脑袋的女巨人，正向我走来。接着，玻璃的反射角度发生了变化，我又回到了现实中。

是那位留着马尾辫的男子走出去了。

我认识休这个人，他是集市广场二手书报摊上的那位老板；每个星期二和星期四他都在那里。蒂朵和我离开姑妈茶馆时，走到他那里和他打了声招呼——在1990年代，劳拉多次说起到休这里来买书。很显然，他似乎应该知道我说的是谁：大约12年前，一位戴着眼镜的高个子女子买了一本……让我想想……买了一本罗丝·韦斯特的书。那应该是休星期二的书摊，因为那本书是平装本。

"当然，不仅仅是那本书，她买了很多书，"我补充说，"她个子非常高。头发红棕色，或者说她年轻时候是红棕色。啊，我知道了！1979年，她还买了一本伊妮德·布莱顿的儿童读物。1979年你在这里吗？"

我让他看了那本1959年的日记。"她的笔迹是这样的。"

休这个人很和蔼但是却忙忙碌碌的。他将手里抱着的一本精装书放进打包箱里，冲我们笑了笑，仍继续忙碌在书摊架前。

蒂朵累得走不动了，只得回家。我最好还是独自去拜访劳拉。蒂朵和理查德发现了她,但是花了五年时间把她当作朋友看待的人却是我。

我提前十分钟来到了她的住所。这个地方很大,街道多弯弯曲曲,花园前面没有任何篱笆,散发着美国式的那种友好。下了一上午的雨之后,夏日的空气中飘浮着郊区特有的欢愉的喧闹声,但是这声音的尖厉却消融在周围的屋顶和树木之中:有人修理草坪用的机器听起来像是大个儿蜜蜂的嗡嗡声;孩子们在踢足球,但是却听不到踢的声音或者球的声音;一台收音机在播放摇摆乐,空气中还混着烤肉的香味儿;有一只锤子在修理什么金属机器,传出轻柔的叮叮当当的敲打声。劳拉那条街上,几座平房的车库都开着门,能够看到里面闪闪发亮的汽车,以及一面墙的挂钩上老老实实地挂着的工具——但是却不见任何人影。这是一条安全、自信的街道。

5∶29,我手里握着录音笔,一根手指放在录音键上,开始朝那座平房走去。

劳拉的半独立式平房接近这条死胡同的末端,而且正如谷歌所显示的那样:拥挤而肮脏。侧门仍然是半开半掩,门外胡乱地堆放着一些猫粮的空罐头盒子、一只炖锅、一只粉红色的仿水晶花瓶和一块猫头鹰形状的镇纸。透过毗连的一扇窗户,我可以看到一间小厨房。煤气炉上方的烤架上挂着一块薄薄的灰色毯子;我眯起眼睛细细看时,发现那是一层蜘蛛网和灰尘。罐头盒子、书籍、鸡蛋硬纸盒、方便食品包装、一口煎锅、盒子和盘子,都堆放在洗碗池上和餐柜上,高度足有三英尺——那层蜘蛛网薄毯凌空一跃,也覆盖在这些东西的上面,并一直延伸到对面的墙上。

树叶和塑料包装在我脚边沙沙作响。

我上一部书的主人公也是一位生活邋遢的人。我感到一阵失望。我不想再次使用相同的意象做比喻。

我听到邻居家传来一个男子的声音,转过身来,看到一张友好的圆脸从他房子的门口望着我。那道门里也是厨房。

"这里是劳拉·弗朗西斯的家吗？"我高声问他，"你知道她去哪儿了吗？我给她写过信，我来是为了采访她……"

"是的，伙计。劳拉·弗朗西斯？我当然知道她去哪儿了。这里所有人都认识劳拉·弗朗西斯。"

"你能告诉我她在哪儿吗？"

"她在哪儿？"那位男子被逗乐了，"你不知道吗？"

"不知道，我从来没见过她，我刚刚才……"

"她就在你身后站着呢。"

29

您好！您是劳拉·弗朗西斯吗？

是从藏在我外衣口袋里的数码录音笔转录下来的，为了清楚明白，我也做了下编辑和增补。

您好！您是劳拉·弗朗西斯吗？
  你是亚历克斯❶？
您好！您好！
  你好！你知道吗，我刚才还想起了你。我觉得我没有给你回信这很不礼貌。我一直和我母亲生活在一起。
啊啊啊，对，对。
  是的，是的。
嗯……？
  哦！
我可以进来吗，还是……？
  是这样，啊，我家里乱得要命。
没什么。我习惯了……没关系……噢！
  哦，亚历克斯，嗯，可以，好吧……

（对她声音的记录：在打招呼和寒暄时，她的音调很高，通常在一句话中间或者结尾时将音调扬起，犹如她在和蔼地和一只猫咪说话。她和猫咪说话时

---

❶ 即"Alex"，是"Alexander"（亚历山大）的昵称。

［她养了两只猫］，音调则更高。随着谈话的展开，她的音调逐渐变得低沉。）

嗯，我在哪儿坐好呢？
　　　　为什么不坐在这儿呢？
可是您就没有地方坐了。
　　　　噢，没有关系。
那您准备坐哪儿呢？
　　　　我坐这儿。
这个东西放哪儿？
　　　　放那儿。
这个呢？
　　　　放那儿。我想我就是一个爱囤东西的人。
我也这么觉得，是的。
　　　　我都是去慈善商店买东西。
不过您还没有他们其中一些人糟糕。
　　　　是的，是的。
前几天晚上有一个人，对吧？他那些东西一直堆到了天花板。
　　　　噢，那个收报纸的人。英国广播公司第二频道。
而且他得爬着走才行。您知道他怎么爬吗？和他比，您这里还差好几英尺呢。
　　　　是的，哈哈，是的。
他很了不起。
　　　　他非常聪明。
这么说，哦，哎呀，这么说，这里是您的，哦，这里是您的房子？
　　　　是的，亚历克斯，是我的房子。
是您的房子。这个，让我们看看，我怎么开始呢？您知道我为什么来您这里吗？

  不知道。

哦，这是一个……这是一个非常奇怪的故事。我真的不知道如何开始。好吧，事情是这样的，我的一位朋友——大约是在2001年——这位朋友碰巧看到了这个废料箱，我不知道您是否明白，或者懂了那是怎么发生的，您的一大批日记本被扔进了那个废料箱里面。

  噢，是的。

这件事情您之前就知道吗？

  不知道，我之前不知道。

是这样，有很多本日记，我想找到失主将这些日记还回去。无论如何，我得看一看。我确实没有看太多。我当时以为您已经过世了。我翻看日记的目的是为了找出您是谁，因为您在日记上面并没有写名字，所以我觉得这令人非常好奇，但是我在想这个人是谁呢？我并没有看太多……但是，当我苦苦寻觅怎样才能找到您或者您的继承人，好将这些日记物归原主时，我想到这也许是一个可以写成书的有意思的题目……

  噢，嗯，呵呵，啊……

后来，我发现您还健在，就想我最好来和您谈谈，看看可否稍微考虑下这事儿的可行性。我知道这个……我不知道怎么说才合适……我提这样一个问题显得很怪。但是，鉴于我这位朋友发现了这些被扔掉的日记，我就想……写一部基于您这些私人日记的书。

  你想知道什么我都愿意配合，是的。

我的天！

  是的，事实上我正在写一篇日记。是一篇关于你的日记。让我看看在哪儿。在这儿。"我原打算今天下午去一趟银行，写张支票。但是我却十分为难"——你知道，当时在下雨。"所以我只能待在家里，面对四壁。这场雨并不是阵雨，而是淅淅沥沥地下个不停，所以我就想，干脆整理一下信件吧。我想我会再有机会去银行的。正如我预料的那样，那位叫作马斯特斯的人并没有放弃。不过他寄来了一张明信片，说他将于星期四或者星期五来姑妈茶馆，然而不幸的是，明信片上他并没有标注日期。这可能是两个星期之前，也或许是明天。我真的不喜欢有人来我家里，因为家里很乱。我猜他是想看我这座房子，因为他似乎是那么感兴趣。如果他有车子，我不怀疑他有车子，他几乎肯定来过这里了，而且就我所知，甚至已经见过我了。"

多么令人惊奇啊！虽然……可这是多么令人惊奇啊！这真是令人惊奇！这么说，从原则上来讲，这件事情您不反对？有一件事儿我没有料到，就是您竟然能这么从容不迫，这么从容不迫地对待这个问题，我原来还想，天哪，我得非常小心翼翼地和您谈这个问题呢。

    不用的。

我想补充一句，您没有看过的任何事情我都是不会发表的。我需要您的配合来做这件事情。

    我真的没做过什么。我这一生都是失望，是的……

您觉得您的这些日记能够代表您吗？

    我想是的，能代表我。

我知道写日记人的一些习惯，他们只是在自己狂怒的时候写日记，而他们本质上并不是易怒之人。

    我想我在日记中所记载的某些事情事实上真的非常残酷，充满愤怒。

是的，其中一些真的是。

    是的，未经修改。

对于我这个传记作家来说，这就是一座金矿。因为您写日记时丝

在这第一次采访中，劳拉让我看了她23岁在坎伯韦尔艺术学院做艺术生时的一批作品。这是她的一幅自画像。

毫不隐瞒自己的思想。

    我不想欺骗谁。我就是把自己的想法写下来。

我看了日记您不反对吧，我……

    不反对，没有关系的。如果没有人来看，那么写日记也就没有任何意义了。

但是您当时并不是为谁而写吧？

    噢，不为谁，我就是为自己而写的。

您写日记花费多少时间呢？

    每天一个半小时吧？

您写完一篇日记之后呢？

    写完就那么放着了。

您写完一篇日记之后还回过头去看吗？

    不看，接着就写下一篇。

您自己没将日记本扔掉，对吧？

    当然没有。

可是您也不知道这些日记丢了吧？

    日记太多了。其实也不知道都跑哪儿去了。

您其他的日记都放哪儿了呢？您一定写了数千本日记。像您这样丢了日记能从容面对的人，似乎不太像爱囤东西的人呢。

    这个，呵呵，呵呵，嗯……我真的不知道它们都在哪儿。车库里也许有一些。

您不担心这些日记丢了吗？

    这个，如果丢了，担心也没用。

但是您不想保存您自己写的东西吗？

    这其实是一种冲动使然。我就是喜欢写作。我喜欢那些词语的声音。自从12岁起，我就开始这么写作了。我就是喜欢笔落在纸上的那种感觉。

那么，假如有一天您不再写日记了，您会有什么感觉?

  我就会感觉不到自我了。

请您说说您的母亲吧。

  噢，噢，噢，这个，她的一生非常幸福。比我的一生幸福多了。她上了剑桥，遇到了我父亲，他们结了婚而且非常幸福，之后发生了战争，我妈妈就去怀特菲尔德生活了。

请您说说怀特菲尔德吧。

  我想那个庄园被烧毁了吧。是的，我这个人似乎很幸运。人们会认为我生来嘴里就含着金汤匙，但并不是那么一回事。

您还弹钢琴吗?

  几年前我把手腕伤了，就不弹钢琴了。

您还画画吗?

  不画了。

那就剩下写日记了?

  是的。

在您早期的日记里，您画了一副面孔——总是同样的一副面孔，某种莎士比亚人物的面孔……

  噢，约翰·吉尔古德。是的，我还在纳闷那箱子日记去哪儿了呢。我离开那里时找不到它们了。

哦，它们都来我这里了!

  嗯，我年轻的时候非常喜欢约翰·吉尔古德。我总是在画他。

一页又一页的约翰·吉尔古德!

  是的。现在我可受不了这个人了。

是什么使您不喜欢他了呢?

怀特菲尔德庄园，后景。

    我在三一学院的书店里见到他。他在签名售书，我就过去和他打招呼，他却根本不理睬我。他不想看到我。他看我的那种眼神就像我属于那类他不喜欢的人似的。

您认为您现在快乐吗？

    快乐这个词有点儿过了。我就是不像从前那样悲惨罢了。

那是什么时候改变的呢？

    自从我搬到这里来居住之后。自从我增长了年岁之后。有些事情你就得妥协。真希望我这也没做，那也没做，可是现在我也没有什么办法了。

有没有一个节点表明您不再遗憾了呢？

    遗憾是没什么用的，对吧？我在这里的生活比我预期的

> 要好。我一天的时间可以写作,可以看书。我每天都有三份报纸看:《每日邮报》《每日镜报》和《每日快报》。我阅读星期二报纸上所有关于医疗方面的文章。我想丰富我的知识,想知道医疗在如何进步。我的猫能够和你相处,你一定是个好人。

如果我们做这本书,您会不会担心读者会看到您日记里的所有东西?

> 不担心,我不会担心的。

您的邻居呢?

> 我认为这里的人是不会感兴趣的。他们大多数都已经老了,正在退出历史舞台。每隔几天就有救护车来这里一趟。

正如我说过的那样,如果您不喜欢,您有权利否决整个项目。

> 嗯,没问题,完全可以。

您认为您母亲会怎么说?

> 我认为她不会介意的,真的。

那您的家人,您的妹妹们呢?

> 她们也不会介意的,没问题。

您并不总是说她们的好话。

> 噢,是吗? 好吧。嗯。

您可以想象这部关于您的传记会是什么样子吗?

> 我还真不知道。很显然,这是一部关于一个一生都很失意之人的书,但是酗酒、吸毒等方面的问题我没有。灾难还没有那么严重。你知道吗,很多人的生活要比我贫穷得多,糟糕得多。

我曾经假设,这本书的结尾是一张您坟墓的照片! 您怎么做饭呢? 因为您的炉灶都没法儿用。都被那层灰尘和罐头盒子覆盖着呢。

> 我的煤气被停了。我与煤气公司的那些人吵了一架。在我来这里住之前,他们就开始让我缴费,可那都不是我用的。我真的不明白,他们让我交钱,好像我在这儿住过一样,结果他们就把煤气给停了。

可那已经是十年前的事情了。

> 我用这个小电炉子。我就是煮东西吃。

这似乎不太方便。

> 是不方便,我也不想这样生活。

但是您的冰箱能用吧?

> 能用。而且,我房子后面还有一个小花园。

您花园里的活儿多吗?

> 不多,我可不愿意做花园里的活儿。我还有另外一个小故事,当我还是个小女孩儿时,我深深地爱上了一位女

劳拉·弗朗西斯为一本意大利食谱书画的护封插画。

> 士。她是一位钢琴演奏家，曾经是一位从德国过来的难民。我是那么深切地爱着她，这种爱一直持续了好多年。当然了，她比我大得多——我们之间相差了五十岁。是的，从那个年龄起，我就爱上了她，而且一直没有改变。

她身上到底有什么那么吸引您呢？

> 是这样，她弹奏钢琴。她是一位非常非常有天赋的钢琴演奏家。当年她在德国时就经常进行一些商业演出。她经常为我单独演奏——那感觉真是特别美妙，你说是吧？

你们两人之间发生过什么吗？

> 噢，没有！她绝不会喜欢那样的。

您本人并不在意？

> 噢，不会的，我当然不会在意。我确实觉得她很迷人。一个娇小的女人，一个娇小可爱的女人。是的……我没有我家里其他人那么成功。我没有结婚。我真的感觉很失败。

如果您爱上了一个比您年长五十岁的女人，这不是什么好事儿啊。

> 这很可笑，是吧？是很可笑！我对她就是有着这么强烈的情感，我真的不在乎任何别人了。这确实有点儿奇怪，是吧？这似乎是有点儿怪。我想我其实是愿意结婚的。没有多少机会遇到人，我们住在乡村。

您想与之相处的是男性还是女性呢？

> 我想应该是男性吧，是男性。

但是您的妹妹们遇到人了。

> 是的，她们遇到了，但她们都开车。

我认为即使骑自行车也可以遇到人的。

> 好吧，不过现在无所谓了。

我想就一本日记问问您——它是这批日记本中的第一本：1952年

的。[我将日记本递给她。]关于这本日记您有什么特别的想法吗?

噢,是的,是的[笑起来],我模糊地记得这本。我当时十二三岁。这是一张生日礼品单。"给亨利的枪"——亨利是个布娃娃。对! 这些是 E 的肖像。

那些长着鸭嘴兽般的嘴的可怕的人都是 E ?

[仍然在笑]是的! 是的。这些都是 E,这些全都是 E。

如果您看后面,您可以看到一些书页被拿掉了,好像是用刀片割掉的。

是的,我明白。

那是怎么回事儿呢? 我的感觉是,那很暴力,很刺激。

也许我爸爸用了那些纸。我们离商店很远的。

这么说,这里并没有什么太戏剧性的含意? 关于这件事情,我的想象可怕多了。我原以为,您之所以将这些书页割掉,是因为那里面有什么可怕的秘密,或者[怀着希望说]也许是有关 E 的内容?

也许我爸爸需要用些纸,所以就把那些页割掉用来画画了。他是位业余艺术家和雕塑家。他做了很多泥塑。

是吗? 他做的都是什么泥塑?

他为花园做了一尊侏儒雕塑。

(在接下来的几分钟里,劳拉很快乐地翻看着日记,频频笑出声来。很多地方我都弄错了。第88页上那幅芭蕾舞者的画并不是她画的,而是她妹妹珍妮弗所作。第90页上,我小题大做了的那个在钢琴旁边哭泣的模糊人物,并不是她本人的惨状,而是又一幅为 E 作的画,是她俯在钢琴上打盹。)

这一幅是 E,这里还有一幅,还有那幅 …… 她看上去非常滑稽。这幅画是我画的。这我记得，哈哈哈！这个是威廉。我喜欢威廉的书，哈哈！我并不喜欢体育。我喜欢读威廉的书。

您现在最喜欢哪位作家？

我喜欢艾丽丝·默多克的某些作品。我喜欢狄更斯。我真的喜欢狄更斯。现在我正在读《蝴蝶梦》，因为那太真实了。

（一个小时过去了。我起身告辞。走出来时，我发现钢琴上放着一本书。恰似在开一个玩笑，那本书是罗莎蒙德·莱曼的《含糊的回答》[Dusty Answer]，该书开端的题记来自梅瑞狄斯的两句诗文：

啊，灵魂得到的是多么含糊的回答，

而我们这一生热切渴求的是确凿无疑！

在厨房，我碰了一下炉灶上的那层灰尘。）

真像块布，是吧？真是妙。

确实是的。我的家人是不会这样想的。他们会被吓一跳。

噢，好吧，再见，再见。

下次我来之前给您打电话，我可以开始让您看我的手稿了。您的日记里还有什么方面不想讨论的吗？

没什么了，没有了，否则就不真实了。

30

墓志铭

> 这里躺着劳拉·弗朗西斯，
> 什么也没有做，
> 哪里也没有去，
> 没有人珍爱过。
>
> ——E 建议的墓志铭

"啊，灵魂得到的是多么含糊的回答，而我们这一生热切渴求的是确凿无疑！"劳拉钢琴上那本书里面的这句引言一直纠缠着我，直到回到家。劳拉一直在执着地确信：她确信自己将成为一名艺术家；确信她能够写部歌剧；确信她能够比肩梵高；确信有一天她能够发表小说。

劳拉得到的却是含糊的回答。她花费了超过四分之一世纪的时间给一位脱水的 IT 行业的教授做女管家、陪护 —— 在二十世纪做起了一份维多利亚时代的工作，而每个月的收入竟然比普通工人一个星期的收入还要少。

我是我所认识的作家圈中文学功底最差的一位。我可以花上五年时间来研究没人愿意研究的、里面什么也没有发生过的日记，但是我却从来不读什么文学名著。我到伦敦时，找到一家小餐馆，查询梅瑞狄斯的这两句诗行。这段引文出自他的诗歌小说《现代爱情》，该小说为最早的"心理学"诗作之一。我从网上的存档中下载了一份。这部诗歌小说发表于1862年，用五十首十六行诗讲述了一段婚姻的破裂。

故事是以丈夫的口吻讲述的，有时候用第一人称，有时候用第三人称。这名男子的妻子（一般认为是基于梅瑞狄斯的第一任妻子）背叛了他。在沮丧之下，他找了一个情妇，但是他却并不爱她，只因他还爱着他的第一任妻子。事情没有变明朗，也没有解决方案。在五十页的故事中，丈夫和妻子互相毁灭。他冷漠疏远，身心痛楚，前后矛盾，鄙视轻蔑。她心力交瘁。他们不想让外界知晓自己失败的婚姻，就在朋友们的面前装作很幸福的样子，他们决意掌控形势，相敬如宾，而且都规规矩矩躺在同一张床上，"他们可能看上去犹如两具雕像／并排躺在婚姻坟墓上，中间放着一把剑"。

我的情绪一定是很怪怪的，因为我不能放下这些紧张烦恼、偶尔沉闷、微妙敏感的诗句。我必须得时不时地从餐桌旁站起身来，眼睛酸痛，喉咙哽塞，还得在三明治冰箱前来回走动以消解掉我的情绪；接着，我就会快速地直奔下一首诗，竟然读不懂梅瑞狄斯到底在说些什么。这首诗里的词语犹如吹响的号角。感叹呼语铿锵有力，标点符号震耳欲聋。我强迫自己镇定下来，再次读了一遍这首诗，发现这首诗写得十分明白：这首诗就是写的劳拉。

> 冷如繁星密布天幕下的山峰，
> 哲学大师泰然高耸着，非友乃敌：
> 激情自囚于笼中，越过栏杆
> 胸怀不解的仇恨，将其凝视。

剩下的工作只不过是将这几个说法正确地转述一下。E 就是将自我囚禁于铁牢中的"激情"，因为未能成为艺术家而愤怒不已，就拿劳拉当出气筒。"哲学大师"应该解读为"高雅艺术"，对劳拉来说"非友乃敌"。她一生都胸怀"不解的仇恨"，观看着"高雅艺术"——之所以憎恨，是因为她抓不住它。

> 在爱神的幽林里,
> 我梦见忠贞的生命神:——错就出在这!
> 爱林嫉妒太阳,被晒得蜷起身体;
> 可太阳光芒万丈,的确发着光。——
> 我的罪责乃是,梦中把戏罢了,
> 却描绘得唯有整个世界可相抵。

诗的最后两行并不是梅瑞狄斯回忆当年自己的幸福婚姻;而是指站在怀特斯庄园林边的劳拉,她俯视着山下的剑桥,思索着未来生活中"在三四个不同的领域里"获得成功,其中包括成为"一位关于莎士比亚的权威和作家"。

这些诗不仅写的是劳拉;也写的是蒂朵,因为蒂朵此刻已经虚弱得无法下床,不能继续完成她关于托马斯·莫尔的开创性大作,写不完她那六百页长的"恶魔般残忍的"谋杀悬疑小说;还写的是理查德,因为此刻他已经被困轮椅,行动受限。我觉得每一首诗似乎都对某个别人有着一种说不清楚的洞悉力。这些诗行分析起来倒不难。诗行的意思只是在描述爱情瓦解的老生常谈中若隐若现。

我离开了餐馆,下午余下的时光在摄政公园里思索。《现代爱情》是我所读过的关于失恋过程的最尖锐深刻的描述。

那天晚上,我在索霍区的一家酒店酒吧里约见了吉恩·马里奥。

"在你那位女士那儿有什么新发现吗?"

"她73岁。出行方式仍然是骑车或是步行。她或许该换副新眼镜。她因为手腕摔断过所以现在仍然酸痛,但并不是那只写日记的手。她并不知道那些日记本是怎么丢的。她甚至没有意识到那些日记不见了。她仍继续每天写一千到三千字的日记。"

"有自杀倾向吗?"

"一点儿也没有。"

"疯吗?"

我摇摇头。"是个怪人。"

"快乐吗?"

"满足。"我这样表达我的看法。"并非那么不满足。"我更正了一下。"接受现状。"我再次更正,每说一个词,都觉得这个词对劳拉不合适。"她说她很惊讶。离开那个叫彼得的男子的庄园之后,她真的没有料到她现在会感觉这么好。"

吉恩·马里奥俯身向前,直到脑袋几乎碰到了糖罐。等他直起身来,手里多了一本绿书。塞克斯都·恩披里柯,《皮浪主义纲要》。他严肃地敲了敲书的封面,似乎是让书的内容沉淀一下。"我必须得把怀疑论这盘卷心菜重新给你热热。"

劳拉不仅在梅瑞狄斯的诗里,也在两千年前一位哲学家的描述里——"人们如何挣扎,最终却仍未能发现真理"。

"怀疑论者承受不了那些关于幸福、公正、真理的千奇百怪、相互矛盾的陈述。因为不管一种描述、一种论调、一种理论多么引人入胜,都会有另一种描述、另一种论调、另一种理论使前者无效。"

"E 今天训斥她,明天就鼓励她吗?"我兴奋地表达看法。吉恩·马里奥尽管左右摇着头,我却感觉像是在表示同意。

"今天的理论是 E 憎恨她;明天的理论却是 E 爱她。"我不顾他的摇头,继续说道。我再次感觉到,我只需将这些隐喻的说法做出正确的解释,"再举个例子:上帝不待见劳拉,因为上帝把她从公共图书馆给解聘了。但是上帝对劳拉又很好,因为上帝给她提供了作为一名真正艺术家所必备的神经官能症。"

"过一阵子之后,我们就会发现理论和论调的这种相互矛盾的状况很难接受,"吉恩·马里奥继续阐述他的观点,"如果说不令人抑郁,那也令人疲惫。接下来呢? 从根本上讲,怀疑论者结果都会这样说,

'随便吧？'在我看来，你写的这位女士，她身上的这种怀疑要素其实有两点：一、她的幸福感与自己生活的实际成就完全没有关系；二、这种幸福感来得很突然这一事实。只要她一放弃，只要她不再等待一种形式的幸福，那么另外某种形式的幸福，或者至少是某种形式的宁静，就会接踵而至。"

我必须得回到维多利亚车站赶上最后一班火车。天空开始下起了雨。风摇晃着店铺的门窗，席卷着小巷里的空盒。当我们走到牛津街时，我想起了我的录音笔，就将它举到了吉恩·马里奥的面前，但是在我耳朵里，他称其为"苦心钻研"的东西都变成了一片摩擦之声。

开往伊斯特本的最后一班车在逐渐变暗的灯火中驶出了伦敦。经过切尔西桥珠宝饰物般璀璨的桥灯，就来到了克拉珀姆汇站热闹繁忙的条条交汇线，接下来就看到东克罗伊登微弱的光线。二十分钟之后，火车穿过北部丘陵，驶入了一片漆黑的萨塞克斯。

吉恩·马里奥说得对——劳拉就是现实生活中怀疑论的一个典型例子，是两千年哲学铸造成的血肉之躯。梅瑞狄斯说得也对——一个麻烦的恋爱故事与扮演某种社会角色的欲望（就她而言，做一位敏感的艺术家）交织在一起，就是劳拉不幸福的核心所在。

除了 E 之外，人人都是对的。

"这里躺着劳拉·弗朗西斯，什么也没有做。" E 建议的墓志铭是这样开始的。劳拉做了一件永远值得人们记住的事情：她写了四千万字的生存描述。假如我是一个想了解人类的外星人，我不会费心去看什么文学作品或者电影，也不会去听什么音乐，我会直接求助于劳拉·弗朗西斯。生活绝不像小说或者歌曲中那样精练，那样简单。劳拉应对的是日常的牢骚和生活琐碎。在人们开始一天二十四小时携带笔记本电脑，来记录自己的生理数据并录下个人生活的四十年前，劳拉就开始了一件更有洞察力的工作：每天记录一个普通女人对自我存在的想法，文笔丝毫没有矫揉造作或者什么虚假的戏剧性——可以说，是在用心去写。

"哪里也没有去。"E版墓志铭继续写道。

这同样是谎言。劳拉确实去了什么地方。1974年，她和E一起去了萨塞克斯的罗廷丁。

"没有人珍爱过。"

这句话就更刻薄了。我很希望我能够这样说，劳拉受到了很多人的喜爱——E本人爱过她，哈丽雅特夫人爱过她，彼得爱过她。可是我又不认为他们真的爱过她。当她年少的时候，她的妹妹们和父母爱过她，但这不是E所指的。除了E之外，劳拉从没有过任何其他的亲密朋友。

劳拉有趣、深刻、聪慧、有感知力、善良、慷慨，而且排除万难，通过她的日记，取得了生命中的伟大——但她仍然是劳拉，仍然是一个笨拙的女人，与这个世界格格不入。我仍然在琢磨她在真实的生活中是怎样的一个人，但是在她的日记里，尽管她或许值得爱，却不是一个招人待见的人。

E这里的不公正，并不在于她指出了劳拉缺爱的事实，而在于她认为谁该为此事负责。她暗示一切都是劳拉的错：笨拙得要命，姿势难看得要命，还有那么多的古怪念头，有哪一个人会去爱她？但是她所说的这个劳拉，却是她协助创造的劳拉。早期日记里的那个未经雕琢、坦露自我的人物；在彼得庄园里的那个脾气暴躁的中年清洁工——这就是被E夺去了爱之后所剩下的劳拉。

.... ～ ....

我该将这些日记本物归原主了。废料箱将这些日记传给了蒂朵，蒂朵又将这些日记传给了我。在这些日记本伴随我的十二年期间，我曾经花费了五年时间，像一个八卦神一样，透过坚实的墙壁，窥探一个人的隐私。那么我看到了什么呢？我看到的是，一个既普普通通又非同寻常、既世俗乏味又稀奇古怪、既柔软无力又紧张兮兮的生命，我看到的是这个生命被压抑的激情。这个生命叫作劳拉·弗朗西斯。

现在劳拉已经找到，我生活的这一部分也宣告结束了。我曾拥有过特权。因为我非常幸运，不需要那么多原则，我个人又喜欢闲聊漫谈，我翻开了这些日记本，并且沉浸在阅读日记的乐趣中长达五年之久。不需要下什么结论。怀疑主义、梅瑞狄斯主义，劳拉最初受了惊吓、后来又被困住的生活会给我们所有人带来什么有益的启迪；日记是否能够准确地代表写日记的人——这些都成为了毫无意义的喧闹。

现在该闭嘴了。

我首次见到劳拉的一年之后，蒂朵去世了。

她最后的日子非常可怕。在地方医院，一位友好的护士刚刚将点滴扎进她的手臂，一位可恶的会诊医师就借由一位中间人之口坚称点滴针管应该拔掉，这位会诊医师在一段时间以来总在找麻烦。蒂朵也说，毕竟也没有什么希望了，拔就拔吧。满怀恐惧、深感挫败的她被转到了临终关怀医院。在三天的时间里，医院的优秀员工们给予了她政府所称之为"利物浦关怀小路"的关照，即给患者使用麻醉药，直到她能够忍受下一个步骤，然后使她脱水，直至死亡。蒂朵的肉体消失殆尽，犹如被她的骨头完全吸收了进去。

我依旧在凌晨三点钟从这些天的噩梦中醒来。

直到举行葬礼的那天上午我才意识到，我忘记了邀请劳拉前来。

我风风火火地赶往她的住处，可是我去晚了。

她不在家。她和妹妹去纽马基特购物了。

第三部分

PART THREE

生平简介

31

劳拉·彭罗斯·弗朗西斯

> 我十分确信在我有生之年我会有东西发表，或是艺术作品，或是写下的文字作品，或是两者兼而有之；即使历经千辛万苦，那也注定会实现。
>
> {25岁}

劳拉·彭罗斯·弗朗西斯（1939年5月22日——　），日记作家。

父亲，亨利·弗朗西斯（1913—1996），母亲，多萝西·彭罗斯（1916—2012）。弗朗西斯的早年生活十分动荡。她出生之后不久，全家就搬到了康沃尔郡罗斯兰半岛上的圣贾斯特（St Just-in-Roseland），弗朗西斯的外祖父尊敬的詹姆斯·瓦瓦苏·哈蒙德是那里英国国教教区教堂的牧师。她最早的记忆来自于战争：她看到一架德国飞机从村庄上空飞过，向一座飘有英国国旗的房子投了一枚炸弹。当那座房子的房主庆幸自己大难不死时（因为敌机轰炸时他碰巧不在家里），弗朗西斯的外祖父则训斥他："那不是你运气好，那是上帝的安排。"第二天，一张1000英镑的支票送到了牧师府上，签名的就是那位房主。这笔钱让哈蒙德牧师为教堂安装了电灯。

弗朗西斯的父亲患有色盲症，所以在战争期间没有被派往前线。（"这很可能救了他一命。"）作为农业工程师，他在英国各地也得到了为战争支援的工作，包括在苏格兰罗斯西为摩托艇培训新兵。弗朗西斯的母亲毕业于剑桥大学格顿学院古典文学专业，后来与劳拉移居剑桥，与劳拉的祖父母住在怀特菲尔德庄园。这个时期并不快乐。弗朗西斯记得她的祖父是一个严厉的、没有爱心的男人。父亲从支援前线的工作中返回后，全家搬到了贝德福德郡，弗朗西斯和妹妹珍妮弗、凯特和艾丽森都在这里长大。尽管弗朗西斯是一个性格腼腆、喜欢独处一隅的女孩儿，在她小学的最后一年，同学们却选她做五朔节女王，可是学校领导们却立刻决定，她不适合担任这个角色，并换了一位食堂女工的女儿来取代她。这是弗朗西斯一生中所遭遇的所有不公正待遇中的第一次。（"我真的很同情她的遭遇！"）

1951年弗朗西斯收到一份圣诞节礼物：一本日记和一些绿色墨水。（"这就是我开始写日记的原因：我喜欢那绿色的墨水。"）

这是他们全家搬到了那座都铎时代庄园之后的第二年。这座庄园在贝德福德附近，是位于海恩斯教堂路尽头的一座十六世纪的大型建筑，现在是二级文物单位。"这个地方与世隔绝，连个村子都不是，仅有几座房子和一座教堂。离主路有一英里多的路程，而每天我们都得走到主路上乘公交车上学（8英里路程）。半英里之外的绿地上有一所叫作霍恩斯的女子寄宿学校。我的音乐老师埃尔莎·朱利奇在这里工作过几年，后来因为与女校长吵了一架之后就离开了。之后她寄宿在离我们家很近的一对友好的老年夫妇的家里。当时正值伦敦大雾期间。我记得在海恩斯庄园也有大雾。"

弗朗西斯14岁时遇到了64岁的朱利奇。就她们之间的恋情，两人之间从来没有明确地谈过，最多也就是亲吻而已；然而，她与朱利奇的这种关系却支配了她的生活长达26年之久。唯一的例外就是弗朗西斯爱上了99岁的女营养学家。朱利奇于1979年去世。

尽管因男人而兴奋，尽管被年老女性唤醒激情，但是弗朗西斯一直未婚。

读者阅读弗朗西斯的日记,看到朱利奇对年轻的弗朗西斯的所作所为时,很难不感到震惊,但是在她们早期的关系中,朱利奇却是一个很好的朋友,还鼓励弗朗西斯发展写作和音乐方面的兴趣。朱利奇于1953年搬到了剑桥,偶尔为皮尔斯女子学校的音乐课代课之后,弗朗西斯也于1956年搬到了那里。在家里一位在该校董事会任职的朋友的帮助下,弗朗西斯请求父母送她去这所学校上学,同时也请求学校收留她。她鲜少谋求学术上的发展,这次是其中之一("我必须努力两次。第一次我被拒绝了。但是我拿定了主意要去那里上学")。弗朗西斯在上学期间,又回到了怀特菲尔德庄园居住。此时她的祖父已经去世,这几年就成为了她一生中最快乐的时期之一。她选了法语高级课程(未及格)、法国文学课(绩点2)、英语课(绩点2)和艺术课("选得不对"—— 及格)。她没有直接上大学。

1960年代早期,弗朗西斯做过图书馆员和管家兼厨娘等兼职工作,但是都遭遇了被炒鱿鱼的尴尬。她在预科学校——卢顿技术学院学习过两年时间,主攻艺术专业。在学校,她一定是个怪人。身高5英尺10.75英寸[约1.8米],态度轻蔑("我认为我更属于腼腆的类型"),患有恐旷症,一吃东西就噎住,她20岁,比班里的同学大3岁。

离开卢顿,她获得了去时尚的坎伯韦尔艺术学院学习插画的机会。1962年的伦敦骚动着各种充满了创意的艺术家、音乐家和作家;但是这种喧闹骚动的活动里却没有劳拉的一席之地。毕业之后,她短暂地为一家广告公司工作了一段时间,之后,由于受到孤独和缺钱的困扰,她回到了剑桥做起了一份管家的工作。就是在这里,她遇到了那位大英帝国高级女勋爵、一流的营养学家和微生物学家哈丽雅特·奇克博士,成为她的住家陪护达三年时间,直到这位哈丽雅特夫人于1977年去世,享年102岁。之后,弗朗西斯继续住在这座庄园里,做着同样角色的工作,这时房子的主人已经换成了奇克的外甥,彼得·米切尔。弗朗西斯在这里几乎工作了四分之一世纪的时间,直到米切尔教授于

2001年去世。

劳拉·弗朗西斯是有史以来已知的写日记字数最多的日记作家（据《吉尼斯世界纪录》记载，上一个纪录保持者是一位"报社记者"，叫作爱德华·罗布·埃利斯，字数2200万），但假如不是在米切尔教授死后她被赶出了这座庄园、建筑工人将她的148本日记扔进了废料箱里，这一事实不会被发现。幸运的是，一位剑桥的学者理查德·格罗夫教授当时正在那座建筑工地闲逛，继而发现了这些日记本。他将日记本送给了蒂朵·戴维斯博士，五年之后，戴维斯博士又将这些日记送给了传记作家亚历山大·马斯特斯。

马斯特斯花了五年时间发现了弗朗西斯的身份。

如今，弗朗西斯尽管不快乐，但和从前相比还是稍微快乐一些，她继续每天书写数千单词的日记，其中很多仍然是关于她在电视上所看到的内容。她并不知道格罗夫教授所发现的那些日记本如何跑到了废料箱里；她认为是米切尔教授死后，那些律师们急于将她赶出这座庄园时，日记被丢弃了。她并没有发现这些日记本丢了。她从来不翻阅自己写过的日记。每当她写完一本日记的最后一页，她就对这本日记失去了兴趣。

自从她离开米切尔教授的庄园之后，她书写日记的目的再次发生了变化。她说，她现在写日记再不是为了发泄失望的心情、掩藏爱情、提供庇护或者让她喧闹的大脑筋疲力尽。

她现在仍在写日记，就是因为"我喜欢笔落在纸上的声音"。她的风格自然真实，挥笔成卷。写完满满一本日记，她用时很少超过六个星期，往往每天书写两千至三千词。

当马斯特斯于2012年出现在弗朗西斯家的平房门口时，她并没有感到惊讶。（那是她自1952年开始撰写日记起的六十年之后）

"听她说话的样子，"他说，"似乎她一直都在期待着我的出现。"

32

附言

自从我和劳拉第一次见面之后,我们又多次相见。我们成为了朋友。两星期之前,我将本书的全部手稿给她送去,供她审读。

征求被立传人同意你书中所写的一切内容,这必须是给无名之人写传记的一条规矩。否则,你就会在某件小事上搞错,或者坚持某个错误的解释,这解释尽管对你来说可能不算什么,但是由于你还不能理解的原因,对于被立传人的一生可能却是灾难性的。对名人而言,这关系并不是很大,因为他们有很多方式来为自己辩护。但是,作为书写不知名人物的传记作家,你必须得十二分小心,千万不能诋毁那些没有能力发声的人。如果你和被你立传者不能都接受你呈献出来的书,那还不如付之一炬呢。

劳拉对两处内容提出了反对意见。

但是这两处内容我都没有予以修改。

两条意见都是关于插图的。历史上写作字数最多的日记作家对于文字并不挑剔。

她的第一条反对意见是关于第164页上的那幅照片,是一位女子手持弓箭站在一个基座上。

劳拉:我不喜欢她不穿衣服的样子。

我:但是她确实穿衣服了——白色的躯体很适合的,这让她看上去很像是一尊大理石雕像。您不喜欢大理石雕像？

劳拉：我对E的爱绝不是那个样子。

第二条反对意见是关于第166页上72岁的E骑自行车的那幅照片。那不是E的照片。劳拉从来没有见过这个女人。2001年的那天，当理查德和蒂朵穿过一道树篱擅自走进一座建筑工地时，废料箱里似乎有两个不认识的人。

除此之外，劳拉对这部书稿再没有任何意见。我曾怀疑她精神失常，对于这一点她并不介意；关于我披露她暗恋E或者哈丽雅特夫人，她也不担心；关于我写她想当艺术家的一次次失败，她也很开心。

正如她所说，所有这些都是"惬意无比的"。

致谢

　　如果没有弗洛拉·丹尼斯（谢天谢地，她在图中是和我跳舞），我的这部书是绝对不可能完成的。她在编辑方面的各种超级棒的建议；她关于结构和情节方面巧妙的主意；她对我自以为是的批评；她一遍又一遍、一遍又一遍地阅读相同的页面（每次阅读都会有所改进），直到合乎出版要求，对于毫无希望出版的部分，只能拿掉——关于写作这部书，她给我的决定性影响都是非常宝贵的。

蒂朵·戴维斯的死亡让我震惊。我无法相信她的名字和死亡联系在了一起。她给我提供了这些日记;她给这部书指明了方向;在最初的几个章节她的贡献斐然;是她教我如何写作,那开始于三十年前,当时她刚评上英语研究员,就爬过了我学院酒吧的窗户,和我打招呼。这是她最后一幅自画像,是在医院的病床上画的。她被葬于剑桥郊外的科顿教堂墓地。

理查德·格罗夫同样令我震惊。在发生那次事故之前,理查德帮助建立了环境史学科,并成为该领域里一流的学者。凭着他那令人羡慕(有时候也令人抓狂)的随性风格,他闯进了与自己毫不相干的一座建筑工地,从而发现了这些日记本。正是因为有了像理查德这样的人,最美好的事情才会发生。

劳拉·弗朗西斯:我一时感到,我一生中四年努力的成功与否就在于她一句话了。当我坐在她的家里,向她解释我看过了她的私人日记,并想出版她的传记时,她完全有权利将我赶出她的家门。我猜想她会这么做的。但是她却毫不犹豫地同意我继续做下去,而且一直都非常愉快地与我合作。

在本书的出版过程中,曾有许多人给予我帮助,他们或是直接帮

助过我，或是通过支持和友谊间接地给予了我帮助。芭芭拉·韦弗（笔相学家）、帕特里夏·菲尔德（笔相学家）和文森特·约翰逊（侦探）是我所咨询过的三位专家，他们尽管性格迥异，却拥有一个共同的主要品质：他们瞬间理解了劳拉被遗忘的人生的重要性和意义。理查德·戈德思韦特、吉恩·马里奥·卡奥和伊恩·芬伦：他们的无比幽默和对劳拉的极大好奇心对本书后三分之一的部分至关重要。格雷姆·米奇森作为钢琴家和科学家，起到了必不可少的作用。他向我解释并展示了《悲怆》奏鸣曲的重要性，还检视了我使用物理学比喻的尝试（其不当之处也给予了纠正）。如果没有这位具有深刻洞察力和良好修养的人，我是不可能成功的。这是我骑着自行车追他的一幅画。

  我还要感谢理查德的妻子瓦妮塔·达莫达兰，感谢她允许我写理查德和理查德的交通事故，感谢她勇敢地支持理查德；我要感谢最早阅读日记的卡罗琳和尼克·丹尼斯：他们对这些日记的兴趣，他们给予的鼓舞性评论，都激励着我继续工作下去；我要感谢琼·布拉迪，她就如何写这个故事，总能给予我充满智慧和有帮助的建议；我要感谢我从前的老师，也是我的第一位出版商约翰·罗杰斯，关于三位一体，他给予了我难忘的理解。

我还要感谢詹姆斯·布利什、亚德里安·克拉克、布伦丹·格里格斯、范妮·约翰逊和米拉弗拉·米纳阅读并检查这部手稿；感谢鲁思·尤尔的评论，感谢她对写这部书这个主意的热忱，还要感谢她在法国的那座漂亮的房子，她还让我将窗台重新粉刷了一遍；我要感谢萨拉·伯比奇、内森·格雷夫斯和露西·格雷夫斯，他们为我提出了编辑方面的建议，请我喝金酒鸡尾酒，并带来了顽皮的欢乐。我要感谢贝琳达、戴安娜和柯蒂斯·艾伦一家允许我使用他们在意大利的房子——那里是写书的绝佳之地。我还要感谢安德鲁和奥托·巴罗、查尔斯·科利尔、詹姆斯·考密克、乔纳森·福伊尔、安迪·格罗夫、休·哈丁、卡西·亨布里、戴安·约翰逊、迈克尔·李、凯特·刘易斯、安妮·麦科比、科尼利厄斯·梅得韦、科林·米德森、纳塔莉·肖、朱莉娅·沃尔什——他们都给予了我忠告，当我情绪低落时给予了我鼓励，使得我写这部书所花的四年时间，以及我考虑整个项目所花的十五年时间，都成为了愉悦的时期。

我还想跟尊敬的文化、媒体和体育部的相关领导说，不论公共图书馆眼下的资金是多少，请您加倍拨款。剑桥郡公共图书馆的剑桥郡收藏馆一直都是我查阅的主要资源。我还要感谢皮尔斯女子学校，尤其要感谢副校长海伦·斯特林格和优秀的图书馆员（现在是前馆员）凯瑟琳·汉隆。

在哈珀·柯林斯集团旗下的第四等级出版社（Fourth Estate），我尤其受到了四位最优秀人士的支持，从我最初加入了这家出版社时起，他们就一直在支持着我，他们是尼古拉斯·珀森、米歇尔·凯恩、朱利安·汉弗莱斯和罗伯特·莱西（正当我在写这段致谢词时，他仍坐在办公室里，用笔勾掉清样里最后一些垂悬分词）。每隔三四年，我就去他们那里冲他们发一通抱怨；他们总是慷慨大方地接待我，并请我喝咖啡。我还要感谢薇拉·布赖斯帮我设计了这些有很多插图的页面。感谢彼得·斯特劳斯，我这位杰出的版权经纪人有一个可怕的习惯，会在电话打到一半儿的时候突然默不作声。他是我完美的领路人和伙伴。

丹尼斯·诺勒顿将日记里许多的段落打印了出来，包括好几本全本的日记，他鼓励我继续下去，并帮助我用最佳的方式来理解并紧跟劳拉书中的主题和人物；多米尼克·纳特尽管与本书没有丝毫关系，但是在我写作这部书时，他却和我另一部作品的创作有着很大关系，所以也很有帮助；我要感谢艾莉莎·维多瓦、艾莉森·泰勒和海伦娜·格里尔帮我照看孩子艾达和房子。我要感谢我充满同情心的好房东萨布

莉娜和查尔斯·哈考特-史密斯。我还要感谢我的好邻居阿曼达·哈考特和 AJ、莱斯利和戴夫。在聚精会神地钻研密密麻麻地挤在 148 本日记里的五百万单词的同时,如果碰到不友善的邻居,岂不是糟糕透顶!

上面这幅画我要送给艾达:

两岁的她还不会阅读。